文芸社セレクション

Gang☆Star

竜堂 怜

RYUDO Satoshi

目次

序章　Bloodysm（血の掟）

二〇一四年四月某日

緑豊かで近未来的な街並みのＭ's（エムズ）Ｃｉｔｙ（シティ）から、Ｎｅｗ Ｙｏｒｋ Ｃｉｔｙ（ニューヨークシティ）へ続くハイウェイ沿いに廃棄された工場がある。荒れ果てた工場群を抜けると、広大な空間があり、一〇台の車が円陣をつくって停車していた。ＧＭ社で統一された黒塗りのセダンやバンのなかで暗紫色（ダークパープル）のスポーツカーが異彩を放っている。どうやら、マフィアの一団のようであった。

円陣の中心では、スポーツカーの前で金髪の青年が佇立し、その斜め前方、側近らしきサングラスをかけたダークスーツの屈強なふたりの男が直立不動の姿勢を取っていた。金髪の青年は具合が悪いのか、うなだれている。

しばらくすると、男がひとり、車から降り立った。と、その瞬間、周囲が一変した。空気が乱れたと錯覚するほど、車から降りた男には人間を超越した存在感があった。オールバックにしたくすんだ金髪はポマードで輝き、ダークスーツにサングラス、至って極道らしい格好だが、それがこの男の存在を際立たせていた。間違いなく、組織のボスであろう。

金髪の青年は姿勢を正し、ボスと向き合った。短い会話の後、ボスはハンドガンを取り出し、金髪の青年の心臓を狙って数発の銃弾を撃ち込んだ。金髪の青年が膝をついた後、地に伏すと、ボスは側近のひとりに何やら告げて車に乗り込み、もうひとりの側近がドアを閉めた。

ボスにとって、若者の死ははじまりに過ぎない。この男は、現代の先進国において、最も間接的に殺人を犯して裁かれていない人物であった。

側近のひとりが倒れた青年の脈を確認したとき、空間を突き抜けるように甲高いエンジン音が響き渡った。音が聞こえる方向に側近のふたりが視線を向けると、一台の大型バイクが近づいてくるのが見えた。レプリカタイプのバイクで、オレンジを基調とし、『隼』の一字が書いてある。

次々とマフィアの一団が、その場を離れていく中、外に出ていた側近のふたりのうち、ひとりが車に乗り、発進する準備を整える。もうひとりはハンドガンを取り出し、銃口をバイクに向け、立て続けに連射した。

五〇ｍもの遠間から放たれた側近の弾丸は、一〇発すべて前タイヤに命中し、バイクのバランスを崩した。それを見届けることなく、側近は車に乗って逃走した。

ライダーは巧みにバイクを操り、地面を滑るように転倒させた。地上を滑走するバイクの上で、ライダーは発砲するが、威嚇にもならず、マフィアの一団に逃げられた。速度の落ちたバイクから降りたライダーは、おそらくは死んでいる金髪の青年に駆け寄った。青年を抱き起こすと、ヘルメットを被っていても、周囲に轟くほどの慟哭をあげた。狂おしいまでの声は天にまで響くかと思われた――

「ウォオオ――……ギャングスタ――！」

第一章　Gang☆Star

人との情と絆を大切にする　失われた仁義に生きる極道

Ⅰ

　アメリカ、ニューヨーク州Ｍ's Ｃｉｔｙ（エムズシティ）。Ｎｅｗ Ｙｏｒｋ Ｃｉｔｙ（ニューヨークシティ）に隣接し、数年前、突如として浮上した都市計画が瞬く間に展開し、三つの都市が合併してできた巨大都市（メガロポリス）である。遊戯施設やモール、住居にホテルなど、数多の建築が同時進行し、急激な街の成長はとどまることを知らず、勢いではニューヨークを凌駕していた。人口ではすでに超えており、合併時の約五倍、二〇〇〇万人を数える。

　二〇一二年四月、時代はＭ's Ｃｉｔｙ（単に街とも表現します）にあるということを、万人が感じるところであった。昨今では、ニューヨークを超えたというキャスターもいるほど勢いのある街だ。名実ともに世界最先端の街となるのは時間の問題であった。ただ、世界都市の定義からは外れるため、国際的な評価はニューヨークを超えられないであろう。

　大排気量のエンジンを唸らせ、クリスタルレッド・メタリックにホワイトのレーシングストライプのはいったスポーツカーがＭ's Ｃｉｔｙの公道を走っていた。フロントにナンバープレートはついていない。リアにのみナンバーがついているが、基本の英数字ではなく、「Ｇａｎｇ☆Ｓｔａｒ」になっている。ダッジ・バイパーの最上級モデル、アメリカンクラブレーサー(ＡＣＲ)の名を冠したＳＲＴ10である。スポーツカーや高性能乗用車のテストコースに利用されるニュルブルクリンクの北コースで、二〇一一年九月一四日に七分一二秒一三という偉大な記録を残している。フェラーリやランボルギーニ等の豪邸が建つような金額の車と、一〇〇〇万円程度の量産型市販車(プロダクションモデル)が同等以上の性能を有しているのだ。受注生産(オーダーメイド)とはいえ、数千万円から数億円もして、バイパーより遅い、あるいはほとんど変わらないのなら、スポーツカーとしての価値があるのだろうか。

　メインストリートで車も人も溢れているが、爆音が轟くと、一斉に車が道の端に寄っていく。対向車までもが遠慮して走る。非現実的な光景であり、サイレンを鳴らしている救急車やパトカーに対応するよりも車を寄せるのが早い。はたして、暴走車に対して道を譲るという暗黙のルールなど、この世に存在するものであろうか。そして、数分ほど爆走していたバイパーだが、ここまで一度も信号が赤になることがなかったのは偶然だろうか。タイヤに悲鳴をあげさせて急激に減速したバイパーは、豪勢なマンションの前で停車した。

　バイパーが停車すると、付近の歩道にいた数十人の歩行者が歩みを止め、車から遠い者は車に近づいた。バイパーの重厚なドアが少し開くと上にあがった。姿を見せた運転手は若い男性で、二〇代後半のようだ。均整のとれたひき締まった体を高級なダークスーツに包み、ネクタイのいらない襟の長いシルクのシャツを着ていた。くせのあるまばゆい金髪を肩のあたりまで伸ばし、端正な顔立ちで、一見すると上流階級(セレブ)のようだが、眼光は鋭すぎるほどであり、余人を射抜くように強い耀き（かがや）を放っていた。凄みある殺気をまとい、軍人とも違う独特の雰囲気を醸し出し、若くして相当の修羅場を経験しているようだ。

　金髪の青年が歩道に降り立つと、歩行者たちは一斉に頭をさげた。年配の者は、ご苦労さまです、とねぎらいの言葉をかけ、金髪の青年は軽い会釈で応えた。

「ギャングスター！」

　反対側の歩道から、若い女性たちの声がはじけた。金髪の青年は振り向くことなく、手をあげただけで、マンションに向かって歩いていく。

　この金髪の青年は何者なのだろう。車に乗れば道を譲られ、通行人に会えば老若男女を問わず、丁重な挨拶を受けることから、スターではないだろう。彼の身なりから、上流階級（セレブ）（極道であることを含め）のようだが、なぜ構成員（Gangster）と呼ばれる者に人気があるのだろう。まして、金持ちや極道など一般人に好まれる存在ではなく、これほど厚遇されるはずがない。しかし、実際にそうなのだから、相応の力が彼にあるのだ。

　その金髪の青年は、マンションの最上階にある一室に入った。

　室内に入ると、リビングが広がりを見せ、景観をよくするためか、八〇cmほど掘りさがっていた。青年は、豪奢なソファーに、この部屋の住人を見出した。

　ソファーには一組の男女が並んで座っているが、互いにあらぬ方向を向いて、気まずい空気を醸していた。男は五〇歳近いようだが、女は青年と同年齢くらいのようだ。ふたりは夫婦で、彼は、妻から依頼を受けて来たのである。

　依頼内容は、家庭内暴力（DV）に耐え切れず、夫と離婚したいということだ。しかし、青年は、夫婦が並んで座る光景に違和感を覚えていた。夫はうなだれ、妻の右目の下にあざはあるが、その妻の様子がおかしい。DVの加害者と被害者が同席している状況を、彼は何度も経験していた。しかし、被害者である妻の様子が、過去の被害者の様子と何ひとつ一致しない。妻の目に恐怖の色はなく、怯えもなければ、彼の来訪に対し、助かったという安堵感もない。それどころか、自分の貌を視認した後の目つきが気に食わない。この状況で色目を使うとは、この女はどういう神経をしているのか。

「奥さん、目をつぶってください」

　青年の突拍子もない要求に、妻は驚きの声を発し、夫は顔をあげて彼を見た。

「いいから、つぶれよ」

　青年の目がすわり、押し殺した声が発せられた。彼が放つ負の感情は、場の空気を瞬時に変化させ、同調するように夫婦の体が震えだす。彼に内奥する力の強大さを、夫婦が感じることができたわけではない。青年の正体をふたりは知っており、彼を怒らせることに対し、恐怖を覚え、身が震えたのであった。

　妻が青年に従って目を閉じると、彼は夫に合図した。指で妻のあざを突くように指示したのだ。そして、夫が指示に従い、妻の頬を突くと、妻は、何なのよ、と言いたげな表情で目を開けた。あざは化粧でつくった偽物であり、彼が感じた違和感の原因は、DVの事実などなかったことであった。

「メス豚が！　オレに嘘をつくんじゃねぇ！」

青年の声はさらに低くなり、凄みが増した。妻は一層の恐怖を覚え、体を硬直させた。もはや、怯えて震えることもできない。怒りの感情とは裏腹に、表情が消えた彼の顔は冷たかった。それは、まぎれもなく極道のものであった。彼は妻の髪を無造作に掴んだ。妻の悲鳴にも顔色を変えず、彼は妻の体を玄関に向かって投げ飛ばした。

「出て行け！　このオレに極道の道を外させるようなマネをする女に用はねぇ」

青年は、手に絡みついた髪の束を払い落とした。女性の髪を、ハゲができるほどむしり取っておいて、彼は平然としていた。妻は髪が抜けたあたりを指でさわり、四つん這いで進み、玄関を開け、外へ出て行った。

「あんたも勘違いしてんじゃねえ。仁義を守るのが極道。オレこそが極道なんだよ。あんたが知ってる極道ってのは、外道かチンピラの組織だ。一緒にすんじゃねえ」

【親】【子】【兄弟】の間を繋ぐ【情】と【絆】が仁義であり、その精神（こころ）がなければ極道ではない。

青年の迫力に夫は青ざめ、這いつくばって謝った。その姿に煩わしさを覚えた彼は、夫の頬を張り飛ばした。

「あれは金で釣った女だろ？　金で維持できなくなったら、さっさと他の女を金で釣りゃいいだろうが。くだらねえことで、オレの手を煩わすな」

青年と一対一になってしまい、夫はもはや、気がふれる一歩手前であった。冷たい汗が何とか夫に理性を保たせているが、平身低頭したまま動けない。

「そういや、あんた、はじめて見る顔だな」

その言葉に、夫は、ハッとして頭をあげた。

「もっ、申し訳ございません！　今回の礼金に上乗せしてお支払いいたしますので、どうかお許しください」

青年の組織がこの街をほとんど掌握したころから、新たに移り住んできたセレブは、彼に挨拶し、金品を上納することが暗黙のルールとなっていた。しかし、絶対のルールではないため、この夫のように払わない者もいるが、金があり余っていながら払わない者を、彼は冷遇した。

「今後も、この街に住むつもりなら、きちんと払っておけ。オレは善良な者を優遇するが、金があり余っているなら別だ。それから、あの女とは別れ、街を出て行かせろ。慰謝料など必要ない。今までに買い与えた物だけで十分だ」

青年の判断基準は、独自の価値観である。金が目的で結婚し、夫婦の間に愛が存在しなかったのだから、夫の財産は夫のものである。妻がセレブ出身なら、実家へ帰れば金はある。庶民なら、庶民としては十分に贅沢な生活を送り、貰った物を売れば相当な金になるだろうから、暮らしに困ることはない。ゆえに、慰謝料を払う必要はない。また、自分に道を踏み外させようとした報いは大きい。慰謝料無しは当然、街から追い払う。実は、この街に二度と住めないことは、多大な代償であった。

「仰せのとおりにいたします」

夫は損をしないので、青年の処置に異論はないだろうが、妻のほうは不満だろう。だが、青年は完全に決めつけているし、夫は彼が決めたことが覆らないと確信している様子だ。それは、青年個人が怖ろしいからか、それとも、極道本来の力を怖れるからだろうか。

そもそも、DVや離婚の問題解決を極道に依頼するだろうか。この夫婦のように、ごく一部の市民からは畏怖されるが、実のところ、青年はほとんどの市民から好意を持たれ、必要以上の敬意を払われていた。つまるところ、彼は街の支配者であり、超法規的な存在なのだろう。市民から必要以上の敬意を払われ、法に依らず、個人の判断で裁定を下す。現代の先進国において、王のような特権を持つことを、政府や市民が許しているのだろうか。

Ⅱ

「Young Master、またですぜ」

広大なリビング。陽光を受けてかがやくフローリングの床。黒皮のソファー、ガラス製のテーブル。南側に面する壁一面に渡る窓。あまり物がなく、広大な空間を持て余した生活感のない部屋だが、買えば数十億はするマンション最上階の一室である。また、このマンションすべてが、若と呼ばれた金髪の青年の所有物だ。そして、金髪の青年を若と呼んだダークスーツを着た屈強な男は、バルコニーの前にいた。

「フッ、まるでゴキブリだな。何度駆除しても、汚い場所があるから湧いてきやがる。だが、これで終わりだ」

「じゃあ…若！」

ダークスーツの男は、顔をほころばせた。極道とはいえ、若く、精悍な顔をしたその男が微笑を浮かべると、堅気と何ら変わらない。

「ああ、ようやくすべての居住区が完成する。いつまでも、オレの街で汚い場所を野放しにしておくわけにはいかねえ。二度と湧き出ることができないように根絶してやる」

そう言った金髪の青年は、不敵な微笑をひらめかせた。

「警察の飼い主(イヌ)でもないのに、サルまねで素人を使ったことを後悔させてやるか」

極道が堅気の人間に手を出せば、法律上、極道の方が圧倒的に分が悪い。組織の力は、法に対抗する力を併せ持つ。よって、弱小の組織でもない限り、法を恐れる極道などいないが、金髪の青年は他の組織を潰すのに素人をよく用いていた。この方法を可能とするには、警察の協力が絶対条件であり、懐柔していることが望ましい。ＤＶを処理した件といい、間違いなく彼は、この街を完全に支配している。

ここ何日か、黒塗りのバンが数台、金髪の青年が住む超高級マンションの前通りを塞いでいる。ときおり、ガラの悪い男たちがマシンガンを片手に、誰もいない路上を交代でうろついていた。金髪の青年と事を構えようとしているのは明白だが、五度目のことで住民も慣れ、マンション前を通らず、静かに過ごしている。

金髪の青年は、日曜日にゴキブリの駆除をすることにしていた。この街の事業の多くが娯楽や観光であるために社会人は仕事の者が九割を超えるが、学生は休みである。正午近くになれば仕事や急用で出かけなくてはならない者は少ないため、時間も半時間ほどであるから、この通りを完全に封鎖できる。この方法で、今まで住民に被害を及ぼすことなく処理してきたが、そろそろ限界だろう。死傷者が出ないからといって、被害がないわけではない。恐怖という心理的被害は抑えられないし、抗争時に巻き込まないために外出を自粛させ、外出するなら遠回りさせる。これらの間接的被害は金髪の青年が招いたものであり、その都度、撃退する方法では根本的な問題の解決になっていない。そのことに市民が気づけば、絶対的な信頼も揺らぎ出す。人間の心は脆い。外部からの心理操作によって、彼を悪に変え、打倒しようとする組織が出てくるだろう。芽の出ていない今のうちに摘み取ってしまうべきであった。

「若！　大変です！　誰かが勝手に……」

「何だと！」

金髪の青年はバルコニーに駆け寄った。柵に手をかけつつ下方を見ると、クンフー姿の男がダークスーツの男を殴り倒していた。

……誰だか知らねえが、強いな……

数瞬のあいだ、金髪の青年は現場を観察していたが、このまま素性の知れない中国風の男に事態を任せるわけにはいかなかった。

「カッツェ！」

金髪の青年は、スラックスのポケットから携帯を取り出した。トランシーバ機能つきである。

「はい、若？」

「すぐ通りに出ろ。一帯を完全封鎖だ！　絶対、住民に被害を出すな！　お前らが盾になれ」

「了解。応援の必要はありませんか？」

「ない。オレが行く！　アイン、ジュード、行くぞ」

名を呼ばれたふたりは、側近の中でも特別である。ボスにあてがわれた者を立て、筆頭の座を譲ってはいるものの、ふたりのほうを金髪の青年は信頼し、傍に置いている。能力も忠誠心も申し分なく、年も近い。そう、ふたりのことは少年時代から知っている。友というよりは弟分であった。

金髪の青年は、黒革のグローブをつけると柵を跳び越えた。彼の億ションにエレベーターが一〇機もあるが、階段はない。エレベーターが使えなくなって階段では高齢者や体力のない者には向かない。楽をしたい者にも。エレベーターが故障及び、停電で止まってしまったときのためにあるのが、ハーネスを使用してバルコニーから地上へ降りる手段である。車椅子に座ったままでも地上に降りることができる。彼の部屋のバルコニーにはもうひとつの手段がある。地上までポールが伸びていて、それを滑り降りる手段だ。

一〇階から地上まで、金髪の青年は一〇カウント前に降りた。一階にいる部下たちが外へ飛び出していく後を追えるほどの早業であった。

通りに出た金髪の青年は、まず周囲に目を向けた。高級住宅街というのが幸いし、通りには誰もいなかった。

「さて、どうするかな」

金髪の青年は、中国風の男の実力が相当なものであり、マシンガンを持っていても、チンピラの集団など相手にならないだろうと確信した。しかし、マシンガンを乱射されれば、流れ弾で住民に被害が出るかもしれない。ここは一気に片をつけるべきであった。

金髪の青年は懐から銀色に輝く拳銃を取り出すと、すぐさま発砲した。狙いもつけずに放ったように見えた弾丸は、通りの反対側でマシンガンを持つ男の手を吹き飛ばしていた。これほど破壊力のある拳銃はマグナム弾を使用する部類で、デザートイーグル.50AE版だ。全体にシルバーメッキを施し、グリップには幻獣（グリフォン）のエンブレムを彫り込むほど、彼は気に入っている。

外見からは想像し難いが、金髪の青年は肉体をかなり鍛えており、銃の腕も相当なものだ。両手でマグナムを扱ってはいるが、ほとんど反動を感じさせずに連射し、瞬く間に五人の手を吹き飛ばしていた。アインやジュードもふたりずつ敵を戦闘不能に追い込み、残りの敵は数人にまで減っていた。

「おい、まだ遊ぶか？」

金髪の青年は、自分に気づいた敵に対し、唇の片端をつりあげた。明確な殺意が表れる彼に敵は恐れおののいた。敵といっても、年は二〇歳前後、マシンガンを手にして強いと錯覚する、所詮は素人の集団でしかない。銃の扱いに長け、躊躇いもなくマグナムで手を吹き飛ばされれば戦意を失う。勝敗は決した。悠然と敵に近づきながら、彼は言った。

「抵抗するなら、体の一部を失うことになるぞ」

敵はマシンガンを捨て、金髪の青年に対して命乞いをした。

「アイン、ハガーに連絡し、こいつらを逮捕させろ。それから、オレが行くまで拘留するように伝えろ」

「わかりました」

ハガーとはＭ'ｓ Ｃｉｔｙ警察署長の名である。大抵は救急車も呼ばずに追い返すのだが、今回は素人を送り込む組織を潰す目的がある。公的に警察に組織を潰させることで、裏面の事情がどれほど明白であっても、法的に彼を追及することはできない。彼に街という味方がついている限り、この街で彼に敵対し続けることはできないのだ。

「あとは、アイツか……」

金髪の青年は、中国風の男を見た。年は、自分と同じくらいだろうか。中国人や日本人など、アジア系は若く見えるから、四〇歳近いかもしれない。黒い髪は短く爽やかで、幼さの残る顔立ちだが、黒い瞳には力があり、拳法家としてだけでなく、人間として精神の強靭さを窺わせる。身長は彼と同じくらいで、アジア系にしては背が高い。

「――！」

中国風の男と瞳が合ったとき、金髪の青年は既視感（デジャヴ）を覚えた。

……この顔…いや、この瞳だ…どこかで見た…いつだ？　誰だった？

金髪の青年は記憶をめぐらせて、中国風の男と似た瞳をした人物を探した。この瞳をよく憶えている。それも、強烈に、鮮明に。しかし、黒い色の瞳をしたアジア系の知人はほとんどいない。すぐには思い出せそうになかった。

「ジュード、こいつを部屋で待たせておけ。オレは、近隣に挨拶してくる」

予定外の抗争に、近隣住民は驚き、身の危険を感じたことだろう。人の上に立つ者として、謝罪にまわるのは当然のことであった。

Ⅲ

金髪の青年が住む一帯はマンション群であり、謝罪にまわるのは道路に面した部屋だけでも五〇部屋はある。しかし、彼は面倒だとは思わなかった。市民に敬意を払わせているのだから、礼儀を欠くわけにはいかない。丁重に謝罪してまわり、自室へ戻るころには、空が朱く染まっていた。

数時間もの間、中国風の男の都合を聞かずに待たせておきながら、部屋に入ってきた金髪の青年は平然としていた。このあたりの思考は、極道そのものである。

「さて、お前の処分をどうするかな……」

中国風の男は、黒皮のソファーに浅く腰掛けているが、緊張はしていなかった。また、何か褒美が貰えると誤解していたようでもなく、金髪の青年の言葉に動揺を示さない。

「ったく、余計なことしやがって。いいか、これがはじめてじゃねえし、身動きがとれねえわけじゃねえ。三日後の日曜に三〇分間だけ戒厳令を布いて、安全を確保した上で排除する予定だったんだ。万が一、住民が犠牲にでもなったら、テメェ、責任とれねえだろ」

中国風の男は返答できなかった。敵のほうも、住民を巻き込むつもりはなかったようだが、あのままひとりで戦っていたら、業を煮やしてマシンガンを乱射しはじめただろう。殺人を犯しても、無関係の者を巻き込んでも当然とするのがマフィアであり、状況によっては何でもするように命じられていただろう。金髪の青年が迅速に行動したからこそ、敵にマシンガンを使用する暇を与えなかったのだ。

「誰も傷つかなくてよかったな。ケガ人でもいたら、お前、死んでるぜ」

金髪の青年はあっさりと殺すことを明言し、その声音は冷たかった。

「立て」

中国風の男は、命じられるがままに立ちあがろうとした。上体をあげたところへ、疾風の如き速度で近づいた金髪の青年がローキックを放った。突然のことであり、中国風の男は反応が遅れた。したたかに脛を蹴りつけられ、小さく呻いた中国風の男だが、重心を落とすと同時に、わずかに打撃部位(ヒッティングポイント)をズラして受け流しており、さして効いた様子はない。

「……(やはり、本物か)。容赦する必要はねえな、広いほうへ行け」

ふたりの身長は同じくらいでも、肉体は明らかに違う。袍衣の下にある中国風の男の肉体は、衣服の上からでも強靭さが窺えるほどであった。固定してある木製バットを蹴り折ることができる金髪の青年の蹴りを脛に受けて耐えるのだから、中国拳法を極めているに違いなかった。逆に言えば、これほど肉体を鍛えあげていない者に、中国拳法の極意を会得することなどできない。

金髪の青年は、猛然とラッシュをかけた。左ジャブから踏み込んでの右フック、左の膝蹴りで相手の動きを止めたところへ、左のエルボーで頬を捉えた。中国風の男は首をいなし、ダメージを軽減させる。金髪の青年の攻撃は止まらず、回転する力を利用して右の裏拳から左回し蹴りへと繋いだ。迅速で流れるようなコンビネーションには人間を撲殺するに充分なパワーがあり、金髪の青年も格闘技者として、達人の領域にあるようだ。

……随分、硬い拳だ。骨が軋む…力を一点に集約できる拳技…ローキックの破壊力…組織のナンバー2ともなると、極道と侮れないか……

中国風の男は防御に徹して反撃しない。マシンガンを持った連中を相手にひとりで立ち向かった男だ、反撃して怒りを買うことを怖れてはいないだろう。中国風の男は、敢えて受けているようであった。

……なぜだ…なんでコイツの瞳が気にかかる……

殴り倒して制裁するつもりだった金髪の青年だが、すでに頭にない。中国風の男を見ていると、古い記憶が蘇ろうとし、その姿にもやがかかってくる。それを打ち払うには、相手を殴り倒さなければ思い出すことができないと肉体が感じ、彼は攻撃を止めたりはしなかった。

……思い出せねえ…誰とも、コイツの瞳が誰とも重ならねえ…しかし、こんな強え奴、はじめてだな……

徐々にだが、金髪の青年の攻撃が強くなっていく。手加減なしで人を殴れるのは何年ぶりだろう。それが彼にアドレナリンを放出させ、感覚を研ぎ澄まさせた。拳技の威力、速度、技術、どれも自己の限界に近づいていく。

……熱いぜ！　一対一でオレを本気にさせる奴ははじめてだぜ…もう少しだ…もう少しで、最高の力が出せる！

金髪の青年の瞳が勁烈に耀き出す。精神が肉体を支配した彼の攻撃は、中国風の男の防御をついに超えた。

「――！（速い！　いや、重い！）」

中国風の男は、反撃しない限り、金髪の青年の猛攻が止められないことを知覚した。相手の隙をつくり、隙を狙う正確無比な攻撃は加速していき、その上にパワーが加わる。ガードが壊され、打撃をねじ込まれる。連続で攻撃されることを防ぐために、故意に受けたり、いなしたりしても無駄であった。遠間から踏み込まれてのアッパー、スマッシュを受けたときが限界だった。両腕（ガード）を吹き飛ばされ、体がわずかに浮きあがった。そして、落下する体へ、左フックを肝臓（リバー）に打ち込まれ、中国風の男は身がよじれるほどの激痛を感じた。

――コイツは！　コイツがオレを強くさせる！

そう、金髪の青年が感じたとき、中国風の男は戦慄を覚えていた。連続して攻撃する間隔が短いほど、一撃の破壊力は劣っていくのが人体構造上、当然のことだ。だが、金髪の青年は、ほとんど威力を落とさない。中国風の男は、中国拳法の屈指の使い手だが、人体構造の常識を覆すほどの攻撃を受けたことはなかった。高速での強打は四、五発が限度のようだが、直撃を受けるか、最後を蹴りに変えられるため、自分より先に金髪の青年の態勢が整ってしまう。拳の硬さとハイレベルな拳技があっても、強打を高速で連打することはできない。追い詰められてしまった中国風の男には、瞬発力の高さまでは見極められなかった。

「……！（何だ、この爆発力は……）殺される！」

右ローキックを左膝の横側に打ち込まれ、中国風の男は否応なく上体をさげさせられた瞬間、左のアッパーであごをかちあげられた。全身に力を込め、中国風の男は倒れずに踏み止まったが、次の攻撃は無防備で受けることになる。死を覚悟した中国風の男は、薄れゆく意識の中で、金髪の青年がひき絞る拳が金色に輝くのを見た。

全身に力を漲らせたとき、金髪の青年は見た。中国風の男の背後に飾った等身大のポスターを。金髪の青年と、もうひとり同年代の少年が映っている。金髪の青年がモデルをはじめた高校生のときに、一度だけ親友と撮影した写真であった。親友の顔が目に入った刹那、その光景に中国風の男がダブって見えた。

――！　思い出した……

金髪の青年が放った渾身の右ストレートは、まさに電光であった。

「Ｌｅｏ（レオ）……！」

金髪の青年の声が聞こえたとき、中国風の男は、皮膚が焦げるにおいを嗅いだ。左頬が擦りむけて、強烈な熱を感じた。拳がそれたのか、彼が外したのか、意識が朦朧としている中国風の男が見たのは、彼の拳から稲妻が奔（はし）った光景であった。

「そうだ、コイツの瞳…アイツにそっくりなんだ……」

金髪の青年は、やわらかな微笑を浮かべていた。小中高と親友と過ごした日々は、貴重な思い出であった。ケンカに明け暮れた毎日だったが、ふたりの間には、かけがえのない絆があった。

Ⅳ

「じゃ、本題に入るか。テメェの名と所属している機関を言え」

中国風の男は精神を乱すことなく、簡潔に答えた。

「私の名はリンチェイ。仕事はしていない。この街で道場を開こうと思って来た」

金髪の青年と彼の側近は、中国風の男の言葉を、名前以外は信じなかった。彼の瞳が超新星（スーパーノヴァ）のような強烈な耀きを放ち、中国風の男を睨みつけたが――

「……フン、そういうことにしておくか。お前は痛めつけても口は割らないだろう。疲れるだけだ」

金髪の青年の側近であるふたりは、リンチェイに一瞥を投げたが、口に出しては何も言わなかった。

「本当です。道場を開くのに、いいところはありませんか？」

リンチェイの真摯さは、金髪の青年たちには滑稽であった。側近のふたりは、声に出して笑った。

「今の時代、いや、オレたち極道に不利な法ができた一〇年以上前から、馬鹿じゃ極道はできねえ世の中だ。幹部クラスで、テメェの言葉を信じる奴は、どこの組織にもいやしねえよ」

リンチェイは黙ってしまった。社交性が低いのか、ウソをつけない性格か、おそらく後者だろう。

「拳法の達人だろうと、堅気は堅気。拳銃ならまだしも、マシンガンで武装した集団に関わる奴がどこにいる？　関係があったって、避けようとするのが堅気だ。テメェの言動は見え透いてるんだよ」

「………」

リンチェイは、沈黙で答えるしかなかった。

「まあ、見え透いてるだけに真実味がないわけじゃあないが、出しゃばったテメェをこのままにするわけにはいかねえ。道場は一階に造ってやるから、タダで教えろ。テメェの給料はオレが払う。いいな」

リンチェイは、無言のまま頭を深くさげた。ふたりのやりとりは、側近の表情を一変させた。主の心情を察したアインは何も言わない。先刻、主が叫んだ名の人物を知っているからだ。レオ、本名はレオポルド。ボスの三男であり、主の親友だった男。しかし、アインよりひとつ年下のジュードは、その分、主の過去を知らない。主がリンチェイを受け入れる理由がわからず、ジュードは異論を唱えた。

「お待ちください！　素性の知れない者を受け入れては……」

金髪の青年は、手振りでジュードを制した。

「ジュード…わかっているが、どうしようもないんだ」

「しかし、この男は絶対に警察……」

アインはジュードの肩を掴んだ。

「もう何も言うな。若が決めたことだ。お前は、若を信じられないのか？」

主を信じられないのかと問われれば、ジュードは反対できなかった。ふたりのやりとりを見る金髪の青年は、どことなく哀しそうであった。ジュードがリンチェイに対し、いつもお前を見ているぞと凄み、仕方なく了承の意思を示した。金髪の青年は表情を改め、リンチェイに向き直った。

「話を戻すか。もうひとつ条件がある。その髪型はダメだな。髪を伸ばせ」

「え？」

「辮髪（べんぱつ）にしろよ。最強の証だ。お前ら中国拳法の達人には、髪も武器のひとつだろ」

「わかりました」

素直に承諾しつつ、リンチェイは戸惑いを覚えていた。自分を見つめる金髪の青年の瞳は、極道のものではない、やさしい光をたたえていた。

「オレはグリフォン、よろしくな」

そして、グリフォンは手を差し出し、リンチェイは差し出された手を握った。

リンチェイの表情から心情を読み取ることはできないが、奇妙に運命めいたものを、この出逢いにグリフォンのほうは感じていた。それは、親友に瞳が酷似しているだけでなく、彼の秘めた想いが、そう感じさせるのだった。

……ほんとに、アイツの生き写しのような瞳をしてやがる…コイツに裏切られたら、オレは……！　オレは、コイツが警察(イヌ)であることを望んでいるのか……

リンチェイの手を離したグリフォンは、頭をふった。

「アイン、どこか部屋を貸してやれ。今日はひとりになりたい。ジュード、お前も出て行け」

ジュードがリンチェイを連れて先に部屋を出た。アインは気遣わしげな眼差しで主を見ていたが、無言のまま部屋を出ていった。

ひとりになったグリフォンは、スコッチをストレートでグラスにあけ、一気に飲み干した。

……リンチェイか…瞳だけじゃなく、性格も似てそうだな。まあ、堅物そうな奴だが、馬は合いそうだ。アイツも、ボスの息子にしては正義感の強い奴だったが、コイツは根本から法の下の正義を信じてる……真っ直ぐにオレを見る、あの瞳は綺麗すぎる……

広大なテラスから入る夕日に照らされたリビングには、オレンジ色のカーテンがかかっていた。グラスを片手に、遠い瞳をしたグリフォンの姿は、まるで一枚の絵画のようであった――

V

「私が、あなたに同行するのですか？」

「ああ、オレは群れるのは好きじゃないんだ。お前ひとりいれば十分だ。それに、お前にとっては好都合だろう」

「………」

口を閉じたリンチェイの表情は硬く、グリフォンには内心を読み取ることはできそうになかった。

「なあに、襲撃されることは滅多にねえし、そんときはテメェの心配だけしてろ。お前ひとりでなら、どんな状況でも切り抜けられるだろ」

今後の都市計画においては、様々な企業との会合を設け、話し合っていかなければならない。遊戯施設やカジノなどのビックビジネスに関しては、参入する企業はすでに決定しているが、ショッピングモールに入れる店舗の大半は未定であり、国内だけでなく、国外を含め、何百という店から選ばなくてはならず、その上で市民の意見を参考にしなければならない。今までは建設部門であったため、着工すれば自由に動くことができ、他の組織を壊滅させる傍らで進行することができたが、今後はそうもいかない。二年後の完成に向けて万全の態勢を整えなければならない。企業との会合だけでなく、市民の要望を聞かねばならず、グリフォンは今後の多忙さを思いやらずにはいられなかった。それによるストレスを軽減するために、リンチェイを傍らに置くことにしたのだった。

リンチェイが親友と似ているというグリフォンの認識は正しく、ふたりは気が合った。しかし、リンチェイが壁をつくっていることを、すぐに彼は知覚した。リンチェイは、かつての親友ではない。本質は違う。育った環境も違う。親友の正義は法を主としたものではなかったが、リンチェイは違うだろう。そう、おそらくは自分の敵となる職業に就いている。確証はないが、確信はある。間違いなく法を主とする機関に属している。そして、これが四度目の潜入捜査だとすれば、もはや警察レベルではないだろう。

捜査機関に属していることがリンチェイに壁をつくらせているのだろうが、彼の目的は、打ち解けることではない。街の完成間際になって、親友の再来のような人物との出逢いに、彼は運命というものを否定できなかった。親友と交わした約束がある。その約束を完全に果たすためには、一〇年もの間、越えられなかった一線を越えなければならなかった。リンチェイとの出逢い、その存在は、きっと、自分からは踏み出せそうにない一歩を、踏み出させてくれると、彼は感じたのだ。

第二章 Mafias' Code（仁義）

裏切りは友情の証

仁義を重んじる彼の生き様が真の友情を生む

I

グリフォンの住む街は、三つの都市が合併してできた巨大都市（メガロポリス）であり、都市開発が行われている真っ最中である。完成すれば、アメリカ最大の――それは、世界で最も大きく、最先端のものが最速で流通する世界最高の都市となる。彼が極道になってすぐに着手していた計画であり、他の組織を欺くため、表向きは国と複数の大企業によるものとなっていた。これは単なる都市計画ではなく、組織の力を無限大に増幅させ、権力へと昇華させるものであった。

一からの開発にあたり、三つの都市を七つの街にわけ、それぞれ中心部にショッピングモールや生活用品店、遊戯施設等を建造する。市自体の中心にはウォルトディズニーワールドリゾートに匹敵する巨大な遊戯施設が造られる。しかし、ただ建造するだけでは何にもならない。彼はまず、国内外からの労働者が住むための居住区を一〇〇〇万人分も造った。そして、数年前、国内外から労働者をかき集め、一気に人口が膨れあがり、現在では二九〇〇万人に達している。

彼が非凡であるのは、大計画を立て実行したことではなく、立てた計画の運用が確実なものであるところにある。仮定の条件で遊戯施設や交通網を整備し、利用客が予定数に達せず、赤字で廃棄されることなど公共機関ではよくあり、赤字になっても携わった者たちが責任を問われることはない。それどころか、問題意識すらないのだ。彼にはカリスマ性があり、それは世界規模であった。遊戯施設を造れば、国内のみならず、世界から人々が来場する。現時点では建築の分野においてだが、街が完成した後も雇用を保障している。それゆえに、彼の下に一〇〇〇万もの人が短期間に集まったのであり、過去となる現在をしっかりと踏まえ、未来を見据えた彼の構想こそが非凡なのである。そして、壮大な構想も完成の時が近づいていた。九年の時を経た今、すべての建物が完工し、彼は最後の仕事をはじめた。

時の移ろいは、ふたりには早く感じられ、瞬く間に一年が経った。かけがえのない存在だった親友、その生まれ変わりのようなリンチェイと過ごす日々は、グリフォンには特に楽しかった。リンチェイも、極道であって極道でない彼の人柄に惹かれていた。否、それはリンチェイだけでなく、一般的な認識の誤りである。彼が極道なのであり、仁義を持たない者は外道である。親・子・兄弟、その三つの輪があれば組織は倒れない。それは人との情を大切にするという極道の仁義。街に生きる者たちのことを思う彼の為人(ひととなり)に、リンチェイは好感を抱いていた。ちなみに、彼の通称であるギャングスターは構成員のことではなく、表記も異なる。ＧＡＮＧ☆ＳＴＡＲとは、敬意を込めた公的な呼び名である。

二〇一三年、五月。

未だ、リンチェイの潜入捜査は続いていた。リンチェイの調べでわかったことは、グリフォンが属する組織は、Ｍ'ｓ Ｃｉｔｙ（エムズシティ）とカリフォルニア州全土を完全支配し、アメリカ裏社会の支配率が四〇％を超え、表社会に大きな影響を及ぼす力がある。組織の兵隊は、直属の者だけで三〇万を数え、末端に伸びる無数の根を含めれば一〇〇万とも言われる。政府を傀儡化していると噂されるほど、組織に対して政府は無力であった。

そして、組織がすでに分立状態にあり、ボスと距離を置いていること。非合法な事業をまったく行わず、合法的に利益をあげ、彼が実質的に全組織を運営しているということ。細かい点をあげればキリがないが、この二点で充分である。彼が支配する組織を含め、独立状態の組織からでは、ボスに辿り着くことは限りなく不可能であることが判明したのだ。

また、彼の組織とＭ'ｓ Ｃｉｔｙの警察は完全に同化していた。市民からは「極道の警察（Cop is Mafia）」を略したＣＩＭの呼び名で慕われるほどである。警察官も人である。足を使う捜査を進んでやる者だけではないし、限界がある。しかし、彼の組織の人間、彼を信頼する市民が足となり目となって、行方を暗ました犯人を検挙し、痕跡がほとんど残っていない事件を解決に導くのである。裏社会の支配が拡大するにつれ、街の治安は安定し、五年ほど前から犯罪検挙率は一〇〇％になっていた。それでも犯罪が皆無にはならないが、DVや空き巣程度であり、近年は年に数件しか起きていない。

彼は自分のためだけに法を犯したことはなく、市民のための街を創りあげた。その彼を市民は信頼している。ゆえに、世界レベルでファンを持つ彼が法に抵触しても、誰も法に照らして罰しようとしないのだった。そもそも法とは、人が形成する社会の秩序を保つものであり、人がつくったものである。人として、彼の行為に非や悪がなければ、法が否定しても、国民の多くは否定しないのであった。

リンチェイが街に来て一年になるが、一度も犯罪が起きていない。大晦日には街の各所で大型スクリーンが特設され、出店が通りに溢れ、カウントダウンは祭りのような騒ぎとなり、一年間犯罪がなかったことを街全体で祝ったものだ。

一〇〇〇万人以上の大都市において、犯罪が一年もの間、皆無というのは奇蹟というより、現実的ではない。その裏面にあるのが彼の組織であっても、まっとうに生活している市民には守られているという感がある。暴力による支配の一面を否定することはできないが、罪を犯した報いでもある。重要なのは、まっとうに生きている人々が、安心して暮らしているという現実である。法と秩序の守護者として、リンチェイには許容できなかったが、否定もできなかった。この街の体制と、法と秩序の体制、どちらが正しいのか。結果だけ見れば、この街の体制のほうが正しい。それは、警察より、大統領より、彼を信頼し、支持しているからである。信頼は、暴力による支配からは決して生まれないものである。

彼が大統領よりも支持される大きな理由はふたつあり、ひとつは街を完璧に近い状態で守っていること。もうひとつは、雇用率が一〇〇％で正社員の最低年俸を二万五〇〇〇ドルとし、それを負債なく可能としていることである。成人であれば定職に就くことができ、まじめに働けば解雇されることはない。失業率はゼロではないが、世の中にはどうしても働く気のない者がいるためであり、彼の社会構想が間違っているからではない。

現在、Ｍｓ'Ｃｉｔｙに移住することは難しくなっている。際限なく移住を許せば、人口は億を超えるだろう。彼は五〇〇〇万人までは最低年俸二万五〇〇〇ドルを守れると想定し、政府と世論を考慮し、三〇〇〇万人で打ち止めにしたのである。空き地はすべて国有化し、公園にしたり、公共施設を建てたりと、民間人が簡単に入手できないように手を打っていた。昨年から他の都市との格差が騒がれ、非難の声も少なからずあがっている。もちろん、非難の対象は彼ではなく、政府である。彼が行政を無視して開発し、警察を牛耳っているとはいえ、人口の肥大化も抑止する計画を同時進行させており、何より国内外から圧倒的な支持を受けているため、政府としては許容せざるを得ない状況であった。彼を下手に非難すれば、逆に国内外から非難を浴びるだろう。さらには、政府の行政が、彼の行うものよりも劣ることを公然と認めることになりかねない。そして、究極的に彼が国を興そうとしたらと考えると、黙認する以外になかったのである。

彼の組織実態を掴めても、リンチェイ＝ＦＢＩにはあまり意味がない。本来の目的がボスであることもあるが、中核をなす組織を壊滅させれば、大幅に力を削ぐことになる。まして彼の組織は屋台骨というほどの力がある。しかし、警察と一体化し、市民から絶大な支持を受ける組織を潰すのは難しい。仮にできたとしても、壊滅後のほうが問題となる。彼の組織が街自体を担っているため、街も瓦解してしまう。また、彼は裏社会にだけ属する人間ではない。世界的な知名度と支持を持つカリスマモデルを犯罪者として処断すれば、ＦＢＩは世界中から非難され、政府から見捨てられてしまうであろう。

リンチェイは、この一年を無駄なものとは感じていなかった。焦燥感もなかった。リンチェイは、彼に惹かれていた。彼の本性が極道であることは理解しているが、だからこそ、仁義を大切にする為人に潔さを感じていた。自らの正義、法を信じていたが、彼が創りあげた社会で生活していると、どちらが正しいのか迷いを覚える。法は誰がつくったのか。神か人か。人がつくったものである以上、彼の行為には正義がある。相反する思いと彼に対する友情に、リンチェイは悩みを覚えていた。組織に対する具体的な方針は決まっていないが、潜入した以上は、このままの生活が続くはずがないのだ。

おそらく、彼は裏表なく、自分に接している。彼の温かさを感じるたび、そう思う。彼は極道として自分とつき合っているのだから、隠すべきものはボスとの密会くらいであり、これも日時以外は知っている。だが、自分は身分を隠している。彼は自分の身分に確信があるようだが、話せずにいることにリンチェイは後ろめたさを感じていた。一線をひいてつき合うことで、リンチェイの心が完全に晴れることはなかった。それゆえに、彼との間に芽生えた友情に逡巡し、リンチェイは踏み込んだ捜査をすることができなかった。

Ⅱ

参入させる店舗の過半数が決定し、グリフォンは来年の完成に向けて予定通りに進んでいることを実感した。このころになると、彼はひとりで行動するようになっていた。かねてから中国系の衣服に興味を持っていた彼は、そういった商品を扱う店を参入させるつもりでいた。リンチェイに訊ねると、妹がニューヨークで店員をしているから、訪ねてみるといいと言われた。

ニューヨークを彼はあまり好まなかった。ニューヨークが悪いのではなく、人ごみが嫌いなのだ。蟻の群れのように人が密集する光景に、彼は異常さを禁じ得ない。そのため、三つの市を合併させて人口を増大させても、広大な土地を整理して七つの街に分け、一時的にすら人口が密集することを抑えたのである。

爆音とともに現れた赤紫色（ワインレッド）のスポーツカーに、店員と客は驚愕したであろう。駐車スペースでもないのに、当然のごとく入り口前に横付けしたのは、まだ発売前のＳＲＴバイパーＧＴＳである。バイパーから降り立ったのは、金髪の青年であった。すらりとして背が高く、サングラスをしていてもわかる端正な顔立ちに均整のとれた体つき、まるでモデルのような人物であった。

新たな客はGang☆Starにそっくりで、高そうなスーツを着ている。しかし、セレブ風の人間が、ベンツ停めするどころか、駐車スペース外の、しかも入り口前に車を停めるだろうか。店員や客たちが固唾をのんで見守る中、金髪の青年はドアを開けて中へ入ってきた。

金髪の青年が店内を見回すと、ひとりの女性店員と目が合った。

……美しい…とても綺麗だ……！

金髪の青年は女性店員を見つめながら、「綺麗だ……」と、無意識に口走っていた。

「いらっしゃいませ」

恥ずかしげに頬を赤らめた女性店員の声に、金髪の青年は我に返った。

「……あなたが、リンチェイの妹の鳳花(フォンフォワ)か」

「はい、兄から聞いています。本当にギャングスターとお知り合いだなんて信じられなかったけど…よく私が、妹だとわかりましたね」

「あなたの瞳が、お兄さんによく似て…いや、あなたの瞳のほうが澄んでいる。とても綺麗だ」

人間の目は心を映す鏡だとグリフォンは思っており、目で相手を判断する。主観にすぎないが、初対面での評価が大きく変わったことがなく、彼にとっては重要な基準になっていた。

「そんな！　ありがとうございます」

フォンフォワは頬を赤らめながらも、嬉しそうに微笑んだ。

「これからオーナーと商談をするんだけど、あなたにもいて欲しい」

「えっ？」

「私の都市計画は知っているね」

「はい。ニュースでよく見ます。一般公開になったら、ギャングスターランドにぜひ行ってみたいです」

「ははっ。たぶん、無理だと思うよ。一日五万人以上は入れないから」

五万人に来場者を限定しているのは、待ち時間を一五分以下に抑えるのと、日常点検を必ず行うためである。円滑にストレスなく回ることができる反面、巡回ルートは固定されてしまう。

「えっ？　すぐじゃなくてもいいんですけど」

「いいかい、来年からＭｓ'Ｃｉｔｙは世界一の観光スポットになる。まあ、一〇億人以上は入園を希望するだろうね。すぐじゃないと言うけど、よほど運がないと数年でもチケットは取れないよ」

ギャングスターランドの稼動は来年からになっているが、実際は先月から稼動していた。これは、試験運転を兼ね、国民のために一年間無料開放しているのである。来年の四月からは本格稼動となり、チケットは一年分をネット限定で販売され、抽選で選ばれる。

彼関係のネット検索件数は世界でトップテン入りしており、一〇億単位の人間が入園を希望するだろう。彼が言うように、よほどの運がなければ早期にチケットを入手することはできず、年齢とともに入手率はさがっていく。

「うそぉ……」

悲しそうにつぶやいたフォンフォワに、何とかするよ、とグリフォンは耳打ちした。

フォンフォワは目を丸くして驚いた。そこへふたりの男性が近づいてきた。どうやら店内が騒がしくなったので、オーナーと店長が店内を見回りに来たようである。

「これは、グリフォン様。お待ちしておりました」

オーナーと店長は深々と頭をさげた。

「どうも。ここに来てみて、少しプランが変わりましてね。彼女も同席させてください」

「わかりました。私が店を見ますので、行ってきなさい」

「はい」

グリフォンとフォンフォワは並んで歩き、オーナーの後をついて行った。

案内された事務室を見回したグリフォンは、意外さを禁じえなかった。書類などが整理できないほど溢れ、サンプルだか返品だかわからないような商品が煩雑に置かれていると思っていたのだ。

「……きれいですね。よく整理されています。客の目につかないところは手を抜きがちです。いい店ですね」

「ありがとうございます。スタッフが皆、きれい好きですので助かっています」

グリフォンがフォンフォワを一瞥すると、コーヒーを淹れていた彼女は恥ずかしそうに微笑んだ。

「では、確認しますが、出店はどうしますか？」

「はい。お言葉に甘えて出店させていただこうと思います」

オーナーは事前にある程度の説明を受けていた。お言葉に甘えてとは、出店に関するものをすべてグリフォンの側で整えてもらうということである。これは、どの店舗にも出してある条件であり、この店を特別扱いしてはいない。市民の要望を踏まえ、世界規模で市場を十分に検証し、何百という候補の中から黒字の見込みのある店舗を厳選した。無論、営業してみなければわからないが、黒字にできるかどうかは経営次第だ。

「ありがとうございます。この店に来て、ほかの店では気が乗らなくなりましたので、承諾いただいて助かります」

「いえ。あなた様から依頼されることは名誉であり、また内容もこれ以上ないほどの条件です。私のほうが助かります」

オーナーの言う好条件とは、成功が確約されていることである。リンチェイの道場が繁盛し、グリフォンが中国衣装好きであるならば、必ず商品は売れる。すでに数万着の道着を依頼されており、これだけで現在の数年分の収入になる。

「それで新たなプランですが、彼女を店長にしたいのです。突然で申し訳ありませんが、これは譲れない」

「私は構いませんが……彼女には経験がありません」

「それは、私かスタッフがサポートします。ひき受けてくれますよね、フォンフォワ」

まっすぐに自分を見つめてくるグリフォンに、フォンフォワは戸惑っていた。声音も態度も否定を許さない力があるが、強制されているようには思えなかった。穏やかな微笑を浮かべ、自分の答えを待つ、彼の表情にやさしい温もりを感じた。彼女は、半ば無意識にうなずいていた。

午後に訪れたのは、ＩＴ系ビジネスを主体とする会社であった。携帯を主とした商品を見て問題がなければ決定する予定だったのだが、グリフォンは即答しなかった。同年代に見える若い社長が、都市計画について裏面の事情まで聞いてきたからである。実業家としての好奇心か、それとも誰かの代弁をしているのか、現時点では判断がつかなかった。この若い社長の調査をする必要を感じ、彼は返事を延ばした。

Ⅲ

グリフォンは、これから一週間の予定をキャンセルすることに決めた。商業部のスタッフに全スケジュールを早急に調整するよう命じた。外に出て暗殺や襲撃されることを惧れたのではない。そもそも、そういった輩が彼の街に秘密裏に侵入することは非常に難しい。無数に設置されたカメラで撮影し、顔認証システムによって、犯罪歴を持つ者、指名手配されている犯罪者、極道関係者などをマークする体制が出来あがっている。暗殺者などのデータは皆無に近いが、免許証からパスポートまで、顔写真だけでも徹底的に調べあげる。それでも身元が確認できなければ、対象が街を出るか、安全が確認されるまで監視がつく。

例の青年実業家の背後に何かあれば、グリフォンは一週間以内で片をつけるつもりでいる。はたして、動かずに情報を得ることができるのだろうか。

答えは二日目の午後に出た。アインが教えられた青年実業家の個人携帯、会社の電話番号から、中継点と発信源を割り出した。この警察レベルを超えた特殊機関並みの捜査力は、グリフォンの個人的なものであり、権力の使い方途を彼は熟知していた。

青年実業家の背後には小さいマフィアがついていた。これが中継点で、問題なのは発信源である。小さいマフィアのボスと親戚関係にあるのが、シカゴに本拠を構える古いマフィア。ロシアンマフィアを祖とした武闘派組織であり、現在でももっとも過激な組織だ。縄張りの拡大、抗争の解決など、問題を処理する手段に、脅しから殺人まで、暴力を前提としたプランを第一に立てる組織である。グリフォンとしてはもっとも相手にしたくない組織であった。その理由は、ロシアンマフィアのボスが長年、虎視眈々とアメリカナンバー1の座を狙っており、彼の台頭で叶わぬ夢となってしまったからである。

Ｍｓ'Ｃｉｔｙがグリフォンの組織のものであるという噂は何年も前からあった。しかし、政府が許容する限度をはるかに超えた規模であるため、誰も信じていなかった。彼のやり方は巧緻を極めていた。三つの市を主体にし、複数の大企業を介入させ、自らは市民の代表として仲介することで、政府の目をそらし、他の組織を欺き、背後に自分の存在があることを九年間も隠しとおしてきた。多額の負債を返済するため、昨年まで市と企業に流れていた二〇〇〇万世帯の集合住宅賃貸料が、今年から彼の組織に流れたことで、いくつかの大組織は調べはじめた。すると、企業名義や国有化されていた権利が、彼の組織に次々と移っていくではないか。どこまで移譲されるかは調べられないが、おそらくは、ほとんどの権利が彼の組織のものとなるに違いない。カリフォルニア州を統べ、街としては世界一と称されるＭｓ'Ｃｉｔｙを完全統治するとなると、公然と国家権力を脅かす存在となり、他の極道組織の力を大きくひき離し、一線を画すものになる。

小さいマフィアは、古いマフィアから半世紀前に分家している。が、小組織が大組織にちょっかいを出すはずがなく、現在も親交はあり、この件に無関係であるはずがない。この火種に火が点いてしまえば瞬時に燃えあがり、消化するためには戦争しかなくなる。火種のうちに始末をつけておくべきであった。

　グリフォンの行動は迅速で豪胆であった。二日目の内に組織のジェットで、彼はリンチェイだけを伴ってシカゴへ飛んだ。そして翌日には、ふたりだけでロシアンマフィアの事務所を訪れたのであった。

「これは、これは……ブルーノギャングのナンバー2、自らご足労いただくとは恐縮ですな。ところで、今日は何用ですかな?」

　シカゴのドン、ロストエフスキーは一言ごとに表情をひきつらせた。グリフォンが相手にしたくないと思ったとおり、自分を恨んでいるのだ。青年実業家の件に証言と物証はなく、ロストエフスキーの印象から、まともな交渉では埒があきそうにない。そもそも、マフィアにまともな交渉などありはしない。ましてマフィア同士とあっては。彼は、ロストエフスキーが自分を恨んでいるようなら、交渉はしないと決めていた。

「そうだな、腹の探り合いも相手による。オレの街に手を出すな。今日中にいとこに手をひかせなければ、数日の内に組織を潰してやる。あんたのいとこは一生、刑務所(ムショ)から出られねえ」

　グリフォンの背後に直立するリンチェイには、彼の表情を窺うことはできない。だが、ロストエフスキーが笑っていないことから、彼が圧力をかけていることはわかる。彼に内奥する強大な闘気が開放されつつあるのを、リンチェイは感じていた。

「……何をほざくか、青二才。殺されに来たのか?」

　ロストエフスキーの目が据わり、毒を含んだ殺気が滲み出す。極道組織、それも武闘派の先頭を切ってきた三〇年もの歳月が、人間とは思えない異様な精神を育んでいた。軍人や暗殺者などとは違う、魔物めいた精神の波動であった。

「オレは本気だ。あんたはオレの力がわかってねえ。国民はオレの味方で、組織を潰すとに関しちゃあ、全国の警察は言いなりだ。国内で、オレに潰せない組織はない。だが、オレもボスも、今以上の縄張りは望んじゃあいない」

グリフォンの声音は普段と変わっていない。狂気に対し、微塵も動揺することのない彼は、まぎれもなく極道であった。

「……」

ロストエフスキーは不気味な沈黙で答えた。暗黙の否定であった。口に出して否定しないのは、グリフォンの権力を認めているからであった。しかし、怨みを晴らす機会を逃すつもりは、ロストエフスキーにはないようだ。

「てめえ、他人の事務所にあがり込んで勝手ぬかしてんじゃねえぞ、こるらぁ！　殺てまうぞ」

ロストエフスキーの若頭らしき男が意気込んだ。それに対し、グリフォンは鋭い視線を突き刺す。

「黙れ。己の分際をわきまえろ。カスがオレに話しかけるな」

「！」

若頭は激昂した。その様を見たロストエフスキーは、表情を醜く歪めた。ロストエフスキーは笑ったのだ。ロストエフスキーにしても、グリフォンが若いので、彼個人の力を侮っている節がある。リンチェイほどの達人であれば、相手の格闘能力を外見や所作だけである程度は計ることができるが。

「同業者にナメられたら極道は終わりじゃ！　死にたくなけりゃ、今すぐ去ねや！」

グリフォンの動きは電光のように疾かった。座ったままで若頭の脛を蹴りつけ、腕をひっ張ってテーブルに顔面を叩きつけた。リンチェイは、その様子をほとんど視認できなかったが、やるべきことは理解していた。間髪入れず、若頭の首筋に針を打ち込み、体を麻痺させた。

「これで静かになった」

ロストエフスキーは、グリフォンの自分を嘲る態度に怒りを抑えきれなくなった。

「おどれ、こんな真似して…ただで済むと思うとるんか！」

「思ってるよ。どうせ、お前の部下など相手にならねえ」

「ぬうぅ…お前ら、殺てまえ！」

その言葉を待っていたのは、むしろ、グリフォンとリンチェイのほうであった。ロストエフスキーの部下よりも、ふたりのほうが迅速に動いた。

若頭に打ち込まれた針を抜いたグリフォンは、手刀で首筋を打って気絶させる。リンチェイは、左右後方にいる三人を瞬く間に蹴り倒した。その光景を見ながら、ロストエフスキーは部屋を出た。彼は若頭の襟首を掴んでひきずりながらロストエフスキーの後を追い、ドアを蹴破って廊下に出た。そこには、ロストエフスキーの部下たちが待ち伏せていた。

「どんどん来い。久々に、拳が熱いぜ！」

新たな敵は鉄パイプや金属バットなど、手に得物を持ち、前後合わせて二〇人以上はいる。

グリフォンは気絶させた若頭の体を、向かってくる敵に投げつけた。数人をまとめてよろめかせると、彼は一番手前の敵にドロップキックをみまう。全身のバネを使って体を起こすと、彼は容赦なく、まだ動けない敵の顔面を思い切り踏み潰した。

グリフォンは天性のケンカ巧者であり、圧倒的な場数を踏んでいた。多勢に無勢の場合が多く、一対一の勝負は稀であった。敵の行動を予測して先手を取り、周囲の状況を利用して囲まれないように闘うのだ。

リンチェイは背後から現れた敵に囲まれていた。それはしかし、リンチェイがそうさせたからであった。ひとりの攻撃を躱（かわ）し様、その腕を押し流すと、反対側の味方に直撃した。同士討ちを誘発し、カウンターで仕留める。中国拳法の達人である彼は、雑魚との闘いはむしろ、乱戦のほうが得意だった。

また、敵に密着した状態でも、リンチェイは致命打を放つことができるのだ。流派が多数ある中国拳法に共通し、真髄ともいえる勁（チン）をリンチェイは極めていた。勁とは、体を動かすときに起きる運動量のことで、筋力ではない。発生させた運動量を集めて接地面に作用させることで、わずかな動作で、相手に密着していても高威力の打撃が可能となる。相手に密着して高威力の打撃が可能な格闘技は世界的に少なく、ロストエフスキーの部下たちには対応できる能力はなく、何もできないままリンチェイに倒された。

グリフォンたちは、次々と現れる敵と部屋を移動しながら闘っていった。二〇人ほど床にのばすと、いかにもという巨漢がふたり、ロストエフスキーとともに姿を現した。

「いいのか？　くだらねえケンカに猛者を使って。こいつら、あんたの部下の中じゃあ、一番だろ？」

「フン！　ここまでわしをコケにして、半殺しで済ますと思っているのか？　ここでお前を再起不能にして、縄張りをいただくまでよ」

「まあ、ストレス解消にはなるな」

グリフォンとリンチェイは、それぞれに巨漢の敵と相対した。攻撃力（パワー）と攻撃範囲（リーチ）は敵に圧倒されているが、運動能力（スピード）と技術（テクニック）は自分たちが上だろうと感じた。ふたりは経験から、敵と自分たちとの差を見極めていた。

グリフォンは敵が動くのを待たなかった。瞬時に数メートルの間合いを詰めた彼は、ダッキングで敵のフックを潜り込んで躱し、上体を起こしながら力を溜め、敵のあごにヘッドバットを決めた。

「グァッ！」

ヘッドバットの一撃で、グリフォンは敵のあごを砕いた。カウンターとはいえ、凄まじい破壊力である。全身のバネを使って硬い額を当てる。見た目は地味だが、硬い額を全身の力を利用してぶつけるため、ヘッドバットの破壊力は高い。しかもケンカの醍醐味ともいえるヘッドバットを彼は極めていた。パンチやキックを使わず、ヘッドバットの一撃で倒れる相手を見下すのが好きなのだ。それも自分より背が高ければ高いほど優越感を刺激された。今回はしかし、優越感に浸りはせず、彼は大きくよろめく敵を跳躍して追い、砕けたあごに膝をぶつけた。敵は口から大量の血と折れた歯を撒き散らして倒れた。

リンチェイは敵の攻撃を利用し、関節を極めると同時に腕をへし折っていた。そして、ゆっくりと狙いを定めたリンチェイは、廻し蹴りで失神させた。

「そこまでだ！」

ロストエフスキーが勝利を確信して言い放ち、グリフォンとリンチェイは、マシンガンを手にした数十人もの敵に囲まれた。

「観念しろ。殺しはしない」

ふたりに近づいてくるロストエフスキーは狂った微笑を浮かべ、その手には金属バットが握られていた。銃器ではなく鈍器を持ってくるこの男は、間違いなくサディストだ。

「撃て」

グリフォンが言い、リンチェイ以外の誰もが何のことだと思った瞬間、ガラスの割れる音が響き渡った。そして、ロストエフスキーの持つ金属バットが真っ二つに折れた。次の瞬間、折れて舞いあがった部分をさらに銃弾が貫く。

「動くなよ。次はテメェの頭を吹き飛ばさせるぜ」

念を押されなくとも、ロストエフスキーは動けない。ここは最上階で強化窓ガラスを使用しており、防弾仕様を施した二重構造なのだ。ここを狙い、特殊なガラスを砕くことが可能な銃はスナイパーライフルであり、部下を盾にしたところで無駄である。折れて舞いあがるバットを撃ち抜く技量があるなら、安全な場所まで逃げる前に頭をスイカのように割られてしまう。

「外道の本拠に何の用意もせずに乗り込むわけねえだろう？　オレの力をよく知らねえテメェが、素直に手をひくわけねえからな。若頭（あのバカ）を使って乱闘に持ち込んで、テメェを狙撃できる部屋まで誘い出したんだよ」

血気に逸ったロストエフスキーは、嵌められたことに気づかされた。恨まれすぎるほど恨まれているロストエフスキーは、わざわざ窓のない部屋を造ったのだ。

「現状を維持していたいなら、いとこに手をひかせろ。テメェのいとこがオレに手を出してる以上、テメェもまとめて潰す。いいか、オレとは戦争にはならねえぞ。お前らを潰すのは警察（イヌ）で、トドメを刺すのがオレだからだ。わかったら、いとこに詫びを入れさせろよ。今日中にな」

グリフォンの傲慢さに、ロストエフスキーは頭部の血管が破裂寸前であり、顔を赤らめていた。今日まで武闘派でとおしてきたロストエフスキーだが、このときはさすがに反撃を躊躇っていた。三〇余年もの歳月を命懸けで戦い、ボスを暗殺して、その座を手に入れしたのだ。スナイパーの実力は確かであり、相撃ちは望むところではない。苦難の末に手に入れた地位を、容易には手放せなかった。

「テメェが外道じゃねえなら、仁義を全うしろ」

グリフォンは、もはやロストエフスキーを見ていなかった。またしても、嘲笑うかのような彼の態度に、ロストエフスキーは自制できず、部下の手からマシンガンをもぎ取っていた。

「クソガキが！　死ねぇ！」

殺気に気づいたリンチェイが、針を持って身を翻すと、ロストエフスキーの手からマシンガンが飛び、次の瞬間には鮮血が吹きあがった。ライフル弾で指を何本か吹き飛ばされたのだ。

「ぐぅぉおお――――！」

ロストエフスキーの悲鳴は、まるで呪詛であった。痛みよりも怒りから変化した憎しみのほうが、ロストエフスキーを支配していた。グリフォンの後姿を睨みつけるロストエフスキーの形相は、もはや人間のものとは思えぬほどに歪んでいた。狂おしいまでの恨みは行き場を失って、ロストエフスキーの心の中に充満した。

「おいてくぞ、リンチェイ」

半ば呆然として、リンチェイは立ちつくしていた。スナイパーに対して、最後まで気を抜くなと、グリフォンが厳命していたことをリンチェイは思い出した。

「……」

百戦錬磨の将のごとく、グリフォンは万事に対応できるように準備をしている。今回だけではない。何事にも準備を怠らず、特に他の組織との抗争に関しては万全の態勢で臨んでいた。彼の存在は、リンチェイに、中国史上、最も美しい武将・蘭陵王を想起させた。

しかし、リンチェイは勘違いをしていた。

グリフォンにケンカ以上に優れた素質はない。極道になりたてのころは命を顧みず、抗争のたびに体を張っていたが、街のために死ねないことに気づく。中国の軍事思想家や名将から学ぶことにした彼だが、孫子兵法以外は読解できなかった。といっても、彼なりの解釈ではあるが。当初はうまくいかず、自身の戦闘力にまかせていたが、試行錯誤を重ねることで彼は成長した。

グリフォンの後姿は、リンチェイには見た目以上に巨きく見える。力強く歩くその姿が輝いて見えるほど、自信に満ち溢れていた。リンチェイは、ふと思った。潜入した以上、組織を壊滅させるために何らかの行動を起こすことになる。そのとき、彼から組織の牙城を切り崩さなければならなくなったとしたら、はたして可能だろうか。

……無理、だろうな。法に触れるような経営じゃない。今回のように抗争となれば、非合法な手段を採ることもあるが、それでは……

「そうだ、リンチェイ。これをやるよ」

不意に立ち止まったグリフォンは、スラックスのポケットから何か小さいものを出した。

「ん？　どうした、気分が悪くなったのか？」

わずかな沈黙の後、「いや、何でもない」と力なくリンチェイは答えた。何となく顔色の悪いリンチェイを、彼は心配そうに見たが、それ以上は訊かなかった。

「お前を正式な組員にすることはできない。だけど、これをつけていれば、お前はオレの特別な側近だと見なされる。受け取ってくれ」

「……！」

グリフォンのてのひらで金色に輝く物を見て、リンチェイは愕然として体が震えた。足が崩れそうだった。彼のてのひらにあるのは、幻獣（グリフォン）を象った純金製の「黄金の代紋（Golden Crest）」であった。スーツの襟につけるためのものだが、どんな服にもつけられるようにピンがついている。このバッジは、瞳にスターサファイアがあしらわれた特別なもので、デザインを重視しているため、バッジとしてはかなり大きい。彼がリンチェイに渡した特別製の代紋には、彼の心情が隠されていた。しかし、スターサファイアがもつ意味をリンチェイは知らなかった。

「その宝石には――いや、何でもない」

グリフォンの口ぶりに秘められた想いを感じたリンチェイは、後日、宝石に込められた意味を調べた。

サファイアの色は同調や調和、友情に信頼などの感情と深い関係があり、落ち着きや相互理解、揺るぎない信頼を表す。サファイアの中にルチルのシルクと呼ばれる絹糸状の結晶が入っているものをカボションカットすると、六条の光る線が現れる。これをスターサファイアという。スターがあらわれることを星彩効果（アステリズム）といい、古くは、その三本の光の交差は、「信頼」「希望」「運命」の象徴とされていた。

グリフォンのバッジには赤い宝玉、スタールビーが嵌め込まれている。そして、赤い色は愛を象徴し、温かさと人生への強い意志を発するものとされている。光の交差は、スターサファイアと同様のものを象徴している。

……これを受け取ったら、俺は…俺は！

スターサファイアが持つ意味を知らなくとも、リンチェイは確信していた。グリフォンが必ず、裏切りに応えてくれるであろうことを。それは、後ろめたさをともなった確信であった。そして、同時に彼もリンチェイが裏切ることを確信していた。このバッジを渡すということは、ふたりにとって、そういうことなのだと――

半月後、ロストエフスキーと幹部の過半数が暗殺された。ロストエフスキーは、グリフォンへの恨みと殺意を消すことができなかった。何より今の地位を築いたやり方が災いし、返り討ちに遭うことが明白でも、部下の造反を抑えるために彼を放置できない。ロストエフスキーの動向を気にしていた彼のスナイパーが、復讐を計画していることを知ったので、若頭を煽って、暗殺の手筈を整え、先手を打ったのであった。

Ⅳ

グリフォンは、リンチェイの妹、フォンフォワとよく会っていたが、朝食か昼食をともにするだけだった。互いに本心を感じてはいたが、踏み出すことを避けていた。彼女は、彼が極道であることを理解し、一線をひいていた。彼の方は本命の女が存在し、それを他の組織より、ボスに知られることを危惧していた。

他店よりも先行させて、中国服を中心とした中国系の物を扱う店を開業させ、その店を彼女に任せていた。ここでは、本店にはない高級なチャイナドレスも扱っている。売れ行きは上々過ぎるほどで、すでに本店の一年分の利益をあげていた。

「フォンフォワ、明日から三日間、どの日か空かないか？」

「それって、もしかして……」

「予定が空いてさ。ギャングスターランドに招待するよ」

「ありがとう、グリフォン」

「礼を言われるほどのことじゃないさ。自分のだから、無料(タダ)だしね」

「でも、嬉しい」

そう言って彼女が見せた笑顔は、透きとおるほどに輝いていた。

ギャングスターランド。その広大さは、マンハッタン島よりも広い。ジェットコースターや観覧車などありふれたアトラクションばかりだが、独特なものがふたつある。ひとつは、この広大な施設の外周を回るリニアモーターカーで、マッハ一のスピードを地上にいて体感することができる。

もうひとつは独自の遊戯施設で、世界初の立体映像(ホログラム)を駆使した体感アトラクションである。スラム街から豪邸へ向かい、マフィアのボスを倒す銃撃戦(ガンファイト)。西欧の城か安土城をモチーフとした城内で剣や刀を振るい、仕掛けを回避し、鍵を見つけて奥へ進み、姫を助けるアトラクションが楽しめる。どちらのアトラクションも特殊なサングラスをかけることで、銃のレーダーサイトや剣や刀の刃が見えるようになっている。銃撃は、敵のつけた受信機が反応する範囲であれば着弾したこととなり、血が噴き出したように見える仕掛けになっている。斬撃のほうでは、鍔と柄だけの剣や刀に刃が見え、敵を斬ると血飛沫が見えるようになっている。現実に近い感覚で遊べる斬新なアトラクションだ。

ひとりでも遊べるし、友達か従業員と複数で遊ぶこともできる。この場合の従業員は役があてがわれており、オリジナルのシナリオを楽しむこともできる。

この遊園地最大の売りはアトラクションではなく、マフィアのボスの気分を堪能することができ、販促物や飲食がほぼ原価であることだ。来場者一組に対し、従業員がひとりつきそえるだけの人員を揃えている。執事のようにつき従い、アトラクションをまわる順番以外にも、場内でさまざまにアドバイスしてくれる。また、火事などの災害で二次災害を防ぐために場内は複数のスポットに隔てられており、スポット間の移動はリムジンで、車内にある飲み物はサービスとなっている。

遊園地での飲食物の原料は、すべて高級品を使用している。たとえば、高級レストランで一杯八ドルのコーヒーが三ドルで飲める。イタリアやフランス料理のフルコースが二〇〇ドルほどで食べられるのだ。グッズなどもブランド物と遜色ない出来と質だが、材料費と人件費でブランド料は入っていない。入場チケットとフリーパスセットで一〇〇〇ドル（入場後の制限はないため、料金は一律）は破格だろう。規模やアトラクションを考えてもチケットの値段としては高いが、付随するものの価値が違う。ここでは、ほぼ原価で高級品が飲食でき、ひとりの従者がつき従い、どこに行っても店員からはへりくだった態度でもてなされるのだ。従業員に対して横柄な態度をとっても、手を出さなければよく、一般の生活ではない王のような生活が体感できるのである。これに一般的なお金を払えば、何倍もの値がつくだろう。

人生において、たった一日でも庶民にとって体験できない一日になるように、グリフォンの想いが込められた施設となっている。

グリフォンは相変わらず、日本のホスト風スーツだが、フォンフォワはいつもの中国服ではなく、白いトレーナーにデニムジーンズだった。今までは店内か近くの飲食店でしか会っていなかったので、彼女は嬉しそうだった。

　彼の周りに人だかりができるかと彼女は心配していたが、そんなことはなかった。これは市民に開放している段階だからであって、来年であったら、一日身動きが取れない状態になったであろう。

　彼女は子供のようにはしゃいで、次々に乗物に乗りたがり、彼は連れまわされた。午前中の三時間で乗りたいものを乗りつくしてしまった。

　どうやら彼女にとって念願のデートだったようだ。そして、本気であるに違いない。彼も想いは同じだが、それを表面化するわけにはいかなかった。周囲に内心を悟られないよう、彼は細心の注意を払っていた。彼は極道として弱みを持たないようにしてきた。成人男性として女性と交際はするが、特定の女性と関係を持つことはしなかった。今はもう、彼に敵対できる組織など存在しないが、自分のボスが、リンチェイがいる。いずれ訪れる裏切りの日を思えば、彼女と本格的に交際するわけにはいかなかった。

　午後はガンファイトをふたりでクリアした。西欧の城では、彼女がヒロインの役をやり、王の間に囚われることになった。正直、彼には好ましくない展開だった。そして、想像したとおりになった。小走りに駆け寄ってくる彼女はぎこちない。彼は駆け寄ることができず、ただ彼女が近づいてくるのを待って抱きしめた。

「……ごめん。オレにはやらなきゃならないことがある。それを果たすまで待ってくれ」

　そう言って、彼女の額にキスした。

「うん……」

　彼女は素直にうなずいた。公的にどうあれ、彼の本業も為人も極道なのだ。彼女の心は、自分でも気づかぬうちに、恋から愛へ変わっていた。だからこそ、彼の言葉を受け入れることができた。

　ふたりの関係をリンチェイは知っていたが、彼の誠実な面を疑わず、彼女には事実を話さなかった。彼には愛人としての家政婦がいることを。彼女は、あまり兄には相談しなかった。色恋には縁の薄い人だからだ。そこに、認識のズレが生じた。彼と彼女は本気だった。

　二〇一三年、秋。組織の№２の地位を不動のものとしたグリフォンは、事実上の№１として存在していた。ボスは、彼に組織の運営を完全に委ねた。しかし、ボスは引退するのではなく、彼に支配権を譲ったわけでもない。彼の運営能力に組織を任せ、裏社会から一時的に退き、何らかの活動をはじめたようである。

二〇一四年、四月。リンチェイと出会って二年が過ぎた。親友の生まれ変わりのようなリンチェイとの仲が深まるほどに、グリフォンの内奥で焔(ほのお)は勢力を増してきた。街は完成し、親友との約束は果たした。内奥でくすぶる焔が燃えあがろうとするのを、彼は抑えきれなくなってきていた。

Ｍ　ｓ’Ｃｉｔｙから郊外へ出る高速道路(ハイウェイ)を、低重の爆音を轟かせ、一台の車が時速三〇〇㎞で疾駆していた。妖しい輝きを放つ不夜王と彩色(カラーリング)の命名をされた暗紫色(ダークパープル)のスーパースポーツカー。日本の光岡製スポーツカー・大蛇(おろち)。その名のとおり、蛇をイメージしたフロントマスク、サイドからリアにかけてうねりのあるボディが特徴である。万人に好まれるデザインではない。

値段と性能のバランスが取れ、豪快だが流麗なデザインの国産スーパースポーツカーが気に入っていたグリフォンだが、とても日本のメーカーが作ったものとは思えないデザインに驚かされた。コーナリング性能に関しては申し分ないが、パワーのある国産に乗りなれた彼には加速と最高速が物足りない。しかし、販売から七年ほど経ってから知ったことに後悔を覚えたほど、そのデザインに一目で惚れた。パワー不足は、コルベットＺＲ１のパーツを流用して補い、左ハンドルのパドルシフトに改造した。

大蛇の走るハイウェイ上では、奇妙な光景が展開していた。Ｍ　ｓ’Ｃｉｔｙのハイウェイは五車線あり、多くの車が流れをつくって走っているが、大蛇が走っている一番左のレーンだけは一〇〇ｍ先まで空いているのだ。そして、大蛇のレーンを走っている先行車は、次々と車線を変更していく。そう、この街では、公道でサーキット走行するグリフォンのために誰もが道を譲る。それだけではない。彼の車には信号を青に変えるシステムが装備されていた。

ひとつの都市を発展させるのではなく、わざわざ三つの都市を合併したのは、公道でサーキット走行を可能とするためでもあった。広大な土地を利用して無駄に車線を増やし、暗黙の了解で自分専用の車線を設け、高速で安全に走れる道をつくった。各街をつなぐハイウェイとは別に、完全にサーキット場化した道もあり、バンクやブラインドコーナーまである。来年には、市販車をベースにした彼独自の基準で、国際的な大会（レース）を行う予定だ。

車だけとりつくろい、その性能を活かそうとしないドライバーを蔑む彼は、スーパースポーツカーとその性能を発揮させることに徹底して執着したが、金銭自体にはまるで執着がなかった。だからこそ、モデルと歌手業で稼いだ私財をすべて使い、巨額の負債を抱えてまでも（住宅販売の利益などで昨年に完済している）、自分と市民のために納得のいく街をつくることができたのだ。ストリートレーサーの腕を見込まれてGMのテストドライバーとなり、最上級グレードのバイパー、コルベットの試作品を毎年、贈られており、金銭面では多数の企業から宣伝等の見返りを受けていた。そのため、生活に困ることはなかったが、彼の私生活は、ごく質素なものであった。

Ⅴ

　大蛇の約一〇〇m後方を、オレンジとシルバーを基調とした大型スポーツバイクが、車群をぬって疾走していた。Ｍｓ'Ｃｉｔｙでグリフォンを追う者など、今では皆無である。ハイウェイに出れば、コルベットやバイパーの最高速度を維持する彼に、プロのレーサーになれるくらいの技術がなければ、直線でも渡り合えないからだ。

「……アイツ、か？（隼じゃねえと追いつけないが、それじゃ一目瞭然だろ）」

　そう呟いたグリフォンはハザードを点け、タイヤ痕がつくほど急激に減速した。凄まじいタイヤの悲鳴が響き渡り、強引にサービスエリアに進入した後、ドリフトで減速してガラ空きの駐車場のど真ん中に大蛇を停めた。大蛇に遅れること一〇数秒、隼も駐車場に進入した。

　サービスエリアには、数台の車に、何人かの客がいた。大蛇のドライバーがＧａｎｇ☆Ｓｔａｒだとわかり、声をかけたいのだが、遠目に見守るだけで近寄ろうとしない。荒々しい運転を目の当たりにしたからだ。

「――！　グリフォン……」

　グリフォンは大蛇の脇に立ち、隼に乗った人物は尾行に気づかれていたことを知った。彼は、悠然と紫煙をくゆらせていたが、どこか哀しげだった。

　隼は、彼の前で停車した。ヘルメットを取ったライダーは、前頭部を剃りあげ、後頭部に残した髪を束ねて三つ編みにしていた。精悍な顔立ちにあどけなさが残っている。黒い髪に黒い瞳、アジア系の人種だ。ビジネススーツを着ているが、容貌のみならず武道家のような風格が漂い、衣服の上からでも強靭な肉体が窺えた。

「哀しいよ、リンチェイ…こんな形で、正体をバラすなんてよ。オレには哀しすぎる……！」

　陽光の反射のせいか、彼の瞳が潤んでいるように、リンチェイには見えた。その姿に、リンチェイは返す言葉がなかった。彼はタバコを落とし、靴で踏み消した。

「テメェ…今さら！　二年も経って…無断でオレを裏切んのかよぉ！」

　彼の瞳が燃えあがったかのように、凄まじい耀き（かがや）を放つ。組織よりも仁義に重きを置く、彼の動揺と怒りは激しかった。彼の心に内奥する焔に、リンチェイの裏切り行為が油を注いでしまったのだ。眼光の強さと鋭さは、気の弱い者を気死させるほどの勁烈（けいれつ）さであり、彼の中で一気に膨れあがった怒気が、殺意として両拳に宿る。思わず退いてしまったリンチェイに対し、彼は傲然と歩み寄る。

「テメェは何も解ってねぇ！」

　そう言った彼は、リンチェイの胸ぐらを殴るように掴んだ。

「解っているなら、勝手に裏切ったりしねえ！　しかも、今日なんてありえねえだろ！」

「……お前の命は守ってみせる。ボスも、俺の手で捕まえて……！」

その言葉を聞いた彼は、片腕でリンチェイの体を持ちあげ、右拳を固めた。リンチェイのシャツのボタンが弾け飛ぶ。

「この状況で守る？　ボスを捕まえる？　それはジョークか？　だから、テメェは何も解ってねえんだよ！」

拳を震わせ、撲殺したい衝動を必死に抑えた彼は、リンチェイを押し飛ばしただけにとどめた。内奥する焔に油を注いだのはリンチェイだが、その怒りをぶつける相手はリンチェイではなく、自分自身にも問題があることに彼は気づいたからだ。リンチェイは今まで身分を隠してきた。勝手に裏切られて、文句が言える立場ではない。

「……お前を殺すどころか…殴ることもできねぇ！」

急速に彼の気が萎んでいく。こんな形での裏切りを望んでいたわけではない。これでは、絶対的に不利な状況でボスと敵対するしかなく、自分が死の制裁を受ければ、街は崩壊へ向かう。何より、このままでは確実にリンチェイはボスに始末される。親友の再来のようなリンチェイ――二年前、この事態が脳裏に浮かんでしまったときから、彼はリンチェイを傍らに置かずにはいられなかった……そして、機はすでに熟し、彼の心に内奥していた焔は燃えあがり、抑えていた想いが心に満ちてしまった。

「……グリー」

天を衝くほどの怒気をおさめた彼の表情は、無であった。組織よりも友情を優先させることの意味が、彼の表情に表れていたが、リンチェイには解らない。彼の存在が、彼の背後にある大いなる存在を隠していた。リンチェイが掴めなかった、リンチェイの想像する以上の世界が、そこにあるのだ。

「……！」

時間を確認した彼は舌打ちし、表情に苦味が浮かぶ。密会に遅刻すれば裏切り者と見なされる。昔から時間にはルーズで、それを掣肘できた者はひとりとしておらず、今まで気にしなかった。かといって、後悔はなく、これからも変わらないだろう。たとえ密会に間に合っても、ＦＢＩの作戦によって裏切り者となる。その混乱に乗じれば、粛清の回避は容易になるであろう。しかし、幾度となく修羅場を切り抜けてきた経験から、粛清される現状のほうが望ましい、そう直感している。そして、リンチェイを傍らに置いたときから、この最悪の状況を想定し、準備している。絶望が脳裏を過るが、後戻りはできないのだから、覚悟を決めてボスとの密会に臨むしかない。

「お前が協力して……」

「何度も言わせるなよ、何をしても失敗するだけだ。外に出たボスを捕らえることは、法を守る連中には不可能なんだよ」

リンチェイは言葉を失った。暗に彼が、協力に応じていることを悟ったからだ。自分が協力してもなお、失敗すると言い切るのだ。母国の名将を想わせる組織の№２に断言されては、どうしようもない。

「だいたいよぉ、ボスを何の罪で裁く気だ？　絶対的な権力がなけりゃ、ＦＢＩが方針を曲げたところで無駄だ」

冷静になると疑念が浮かぶ。リンチェイの態度から、ＦＢＩはグリフォンだけでなく、リンチェイも蚊帳の外に置いている。そうなると、裁判の結果を左右できる権力が必要だ。ＦＢＩの背後で大きな力が働いているようだが、彼にしてみれば、ボスを知らぬ者が持つ権力などボスには無効だ。

「まあ、お前らのバックに誰がいようと関係ねえ。ボスの確保が不可能で、とんでもねえ愚行だと解ってねえから、お前らは戦いの火蓋を切れるんだ。地獄の蓋は、もうすぐ開く。お前だけは覚悟を決めろ」

グリフォンの疑念に同感だが、〝赤心を推して人の腹中に置く〟という劉秀の言葉が頭の中で反芻し、リンチェイは己の甘さを恥じていた。以前から感じてはいたが、自分の身分に確信がありながら、彼はボスを裏切る気だ。リンチェイからすれば、友情を望んだのは彼のほうだ。しかし、自分に対する無限に感じるほどの彼の度量は、リンチェイの良心を容赦なく責めたてた。

「……時間がねえから、ひとつだけ答えろ。お前との友情を信じて訊く。お前は、法と正義を守る者として、組織と戦う。その義は、そういった意志から発する義なのか？　オレと出会う前から決めていた、お前の内にある義なんだな？」

グリフォンは友だと思う自分に裏切られてなお、仁義を貫いている。偽りのない真の友情にリンチェイは、応えないわけにはいかなかった。

「……法と正義を信じているが、今は、ただ自分の心に従っているだけだ。俺は、お前の街を認めてる。だが、お前のボスは違う。お前のボスを倒すために、俺はここにいる――！」

「そうか――」

そう答えた彼が、かすかに微笑んだように、リンチェイには見えた。

大蛇のトランクを開けた彼は、中からスーツケースを取り出す。と、彼の手が震えている。次第に、手の震えは彼の全身に伝わっていった。

「どうした」

「…うるせえよ」

スーツのジャケットを脱ごうとして、肩幅の広い彼は、焦って肩がなかなか抜けない。

……くそっ！　解ってても、いきなり覚悟なんてできるか！　いや…どうせ裏切ったことになるなら…平静を保つ必要はねえ。このままでいい。このままで乗り切ってやるぜ…！

わざわざ汚れてもいないシャツを替える彼を、リンチェイは不審に思った。

「おい、どう……」

「だまれ！」

……お前、何をする気だ？　まだ裏切りはバレてない。自分の命より、俺のほうが大事なのか？　でも、俺は…なぜ、そんなに、俺を……？

身づくろいをすませた彼は、押し黙ったまま呆然としているリンチェイに近寄り、強くハグした。

「お前が傍にいてくれたから、オレは時間を感じることができた。お前のおかげで、オレの心は満たされたよ。ありがとう、リンチェイ」

時間を感じるとはどういう意味なのか。どんどん彼が遠ざかっていくような錯覚に、リンチェイは囚われてしまった。微動だにしないリンチェイから離れた彼は、大きく深呼吸して愛車に乗り込んだ。

「いいか、お前だけは必ず、オレが現場に着いたと同時に仕掛けろ。お前らの作戦なんか知ったことじゃねえ。いいな、絶対だぞ」

彼が強要したので、リンチェイは思わず、強い肯定を示してしまった。

「わかった、任せろ」

リンチェイが力強く即答したので、彼は安心した。

「お前を傍に置いたことに後悔はねえ……オレは、お前の兄弟だ。そして…今日から何が起きようとも、お前は前に進め。絶対に、振り返ったり、止まったりするんじゃねぇぞ。いいな、兄弟」

内心の動揺を押し隠した精一杯の彼の笑顔は、リンチェイの胸を打った。はじめて自分を兄弟と呼んだ彼の笑顔が、死を連想させたからだ。そして、体の奥から闘志が沸きあがってくるのを、リンチェイは感じた。

……お前を死なせはしない。今こそ、お前の友情に応えるとき！　作戦はぶち壊しになるだろうが、お前の命には代えられない。お前がいなきゃ、きっとボスは捕まえられない……！

爆音を轟かせてボスの待つ場所へ向かう彼を、静かにリンチェイは見送った。

再びハイウェイを疾駆しながら、着替えた衣服の入ったスーツケースの中から携帯を手に取り、グリフォンは電話をかけた。

「グリフォン？」

電話の相手はフォンフォワだった。

「ああ、オレだよ」

「この携帯(ナンバー)でかけてくるってことは緊急事態なの？」

「ああ。フォンフォワ、解っているな。母さんを頼む」

彼は極道。リンチェイの件よりも、他の組織との抗争が激化する可能性が高い。女の身を守る手段を確保してある。ただ、今回の場合は事情が異なる。他の組織との問題なら、この携帯は使わない。これは対ボス用の携帯である。大企業が数百も抱える携帯のひとつであり、しかもクローンだ。架空名義ではなく、実在するのだから、特殊機関の捜査力を持ってしても、この携帯を使用していることを掴むのは困難を極める。さらにクローンであるから、彼とは別にれっきとした持ち主がいる。彼が使用するこの携帯を割り出すのは実質、不可能である。

彼女とは、この携帯でかけた際、今使っている携帯は家に置き、彼の母を連れ、中国にいるリンチェイの師の元へ行くように打ち合わせてある。無論、彼と同様のクローン携帯を彼女に渡してあった。

「……わかった、死なないでね」

「お前のためにも死ぬつもりはない…けど……」

ひとつの言葉を発するごとに、自信と声が弱っていく彼を、彼女は遮った。

「絶対！　私を迎えに来て。それから、お母様のことは任せて」

彼は正直に答えようとしたが、迷いが生じて沈黙を先立たせた。裏切りの制裁を乗り越えられたとしても、ボスとの戦いは絶望的だ。それでも、相手の望む答えを返すべきだろうか――

「……お前の瞳をはじめて見たときから、オレの心は奪われていたよ。お前を愛してるから、ハッキリ言う。街がオレのためにある限り、オレは街のために生きなきゃならない。だから、約束できるのは、街の全てを守るために死力を尽くすことだ」

目に溢れる涙を堪え、フォンフォワは聞いていた。彼が極道として強大で隙をつくらないようにしているので、彼女には、映画やドラマから想像する世界だった。それが現実になった。身に危険が及んでいないため、彼女に実感はない。しかし、彼が抗争を何度か制しているることを彼女は知っている。一度として、彼が危険を口にしたことはなく、弱気になったこともなかった。今度の相手は、彼が戦前に敗北感を覚えるほど強敵なのだろう。そして、彼には街を造った責任があり、戦う以外に方途はない。自分や大切な人のために、戦いを放棄してとは言えなかった。

「そうね……私も、愛しているわ。ずっと前から……」

彼女の瞳から涙がこぼれ、彼に嗚咽を聞かせないよう通話を切った。

グリフォンが大蛇を疾駆させて目的地に着いたときには、すでに一〇台の高級セダンやバンが円陣を組んで、彼を待っていた。その中心には、黒服を着た屈強なふたりの男が居並んでいる。大蛇は砂塵を巻きあげ、車でつくられた円陣の中心に急停車した。

「ボスを逃がせ！　裏切られた！」

側近のひとりが携帯でボスに連絡を取る。直接話したほうが早いが、念のために規則を遵守したのだ。

「早くしろ！」

「ボスが、最期にお前と話す」

グリフォンは、顔面蒼白で呼吸も荒い。明らかに様子がおかしいが、部下や身近な者に裏切られたなら、自らが裏切ったとみなされる。死の制裁に恐怖して当然のことであり、側近は不審には思わなかった。

……早く出て来い！　意識が保てねえ……

足元がフラつく中、目の焦点が合わないことを、側近に気づかせないようにグリフォンは俯いていた。時間に対する感覚が失われ、立っている力も失いかけたとき、ボスの肉声が無形の波動と化して彼の全身を貫いた。ボスの肉声に感化され、彼は立っていられるだけの力を取り戻した。

「本当に、お前が裏切られたのか？」

ボスは、白髪交じりの金髪をオールバックにした、凄みのある、いかにもマフィアという風采をしていた。

……！　誰だ？

「信じられませんね」

ボスに気後れせず話す声の持ち主に、グリフォンは見当がつかない。その顔を見るため、「事実です」と彼は顔をあげて返事をした。そのときには足のフラつきはおさまり、目の焦点も合っていた。そして、後部座席から顔を出して、ボスと対等に話している人物を視認した。

……ボスと対等に話せる奴がいたのか？　見覚えはあるが……

肉体が仮死状態になりかけているグリフォンには、記憶の糸をたぐりよせる力はなかった。

「ボス、包囲されそうです」

側近のひとりがボスに耳打ちした。現在、この場所は組織の私有地である。五〇〇m四方に熱探知センサーが仕掛けてあり、成人大以上の熱反応が近づいてくれば敵と判断される。

「今日はおざなりではなく、重大な用件があったが……残念だな」

「――!?（重大な用件？）」

ほんのわずかな間、グリフォンの意識が覚醒するが、ボスの重大な用件の見当はつかなかった。しかし、他人の目をごまかすほどには、肉体を活性化させることができた。

「……中国人を傍に置いたと聞いたとき、妙だとは思ったが…関係あるかは知らんが、お前が裏切られ、揉み消せないとは信じられん。だが、現実のようだ。遺言は？」

「私の代わりはアインとジュードに。彼らでなければ、街を治めることはできません。それから、心臓を撃ち抜いてください。頭は撃たれたくありません」

「いいだろう、わしが引導を渡してやる」

グリフォンはモデル業もしており、死に顔を汚されたくないということだと、ボスは理解した。

「……ありがとうございます」

数発の銃声が響き、グリフォンの胸から鮮血が弾けた。感覚が麻痺している彼は、痛みをあまり感じなかった。防弾効果の弱いワイシャツは貫通したが、インナーのTシャツが銃弾を貫通させていないことは知覚できた。ボスや側近たちは、命中精度を重要視し、大口径の銃や特殊な銃弾は使わないが、それでも彼は、自らに運があると思った。

……やったぜ！　後は、あいつが……

薄れゆく意識の中、グリフォンは賭けに勝ったことを確信していた。

「確認しろ」

側近のひとりにボスは命じると、車に乗った。側近のふたりは、事の成り行きに納得し難い様子だった。側近のひとりがグリフォンの脈をとり、確実に弱まっていることを確認した。呼吸も止まっているようだ。この側近は医学に疎いので彼の状態が異常なことに気づかなかったが、それでも懐に手を差しのべ、ハンドガンを取り出した。

「……お前が裏切られるなど、俺にも信じられん…ボスは、これで納得したようだが、妙な胸騒ぎがする…確実にトドメを刺しておくか――」

この側近は、ボスに仕えて二十余年。グリフォンのことは、よく知っている。毎日顔を会わせているわけではないが、実績に噂、年齢に合わぬ凄み、そして、仁義を重んじる本物の極道。子が親のために死ぬのも極道だとしても、彼のことだけに腑に落ちない。たしかに、一度も自分のためだけに法を曲げたことがない彼に、潔さはあるだろう。だが、彼は他の幹部とは格が違う。ボスの態度から、この場においての弁明が通る可能性は十分にあり、彼が否定すればボスはチャンスを与えただろう。

リンチェイやボス、側近たちなど、グリフォンを知る人々は、彼を過大評価しがちだ。たしかに彼は非凡だが、極道に必要な能力ばかりが突出しており、極道として非の打ち所がないので万能に見えてしまうのだ。そのため、この側近が彼の死に疑問を抱く（医学的なことは別にしても）のはもっともだが、死の制裁を受けないための手段を、彼がスマートな形で思いつくはずがない。まして、彼の目的は……

「おい、死んでるだろ。行くぞ、あまり近づかれると面倒になる」

「ああ、今行く」

脈が弱まり、呼吸は途絶えており、このまま放置すれば死ぬだろう。頭を撃ち抜いて確実に殺して、グリフォンの死に様まで汚したくない。しかし、ボスに対する忠誠と心に渦巻く不安を消すためには、頭を撃ち抜くべきだと感じた。

側近が意を決し、銃口を定めたときであった。小さいがエンジンの唸る音が響いた。音が小さいのは、距離が離れているからであった。近づいてくるのが、大型のスポーツバイクだと視認した側近は、迎撃せざるを得なかった。

まだ五〇m近く距離が離れているが、敵はともかく、ボスの側近は、この距離をハンドガンで狙えないのなら務まらない。側近が銃口を自分に向けたのを視認したライダーは、急加速して前輪を浮かせ、車体で銃弾を防ごうとする。しかし、側近の狙いは人体ではなかった。まったく動じずに側近は連続して一〇発の弾丸を撃ち、全弾、バイクの前輪に命中させた。

リンチェイは何とかバイクをコントロールし、うまく横転させた。倒れたバイクの上に乗り、滑走しながら発砲するが、車に当てるのが精一杯で、逃げられてしまった。

全力でグリフォンのもとに駆け寄るリンチェイは、陸上選手並みの速さだった。そして、地に倒れた彼を抱き起こすと、急速に命が失われていくのを感じた。

「WOOOOHH（ウオオーーーー）!」

胸が張り裂けるほどの絶叫をリンチェイは放った。リンチェイは気が狂いそうだった。偽りの関係の中で育まれた友情。ゆえに、自分のために組織を裏切ったグリフォンが、このまま死んでいくことにリンチェイは耐えられなかった。

「WOOOOHH（ウオオーーーー）! Please Don't Die for Me（死なないでくれ）: Gree（グリー）! Gang Star（ギャングスター）――――!」

リンチェイの慟哭は、廃墟と化した工場跡地に空しく響くだけだった。

第三章　The Past, The Present, The Future

過去が現在の礎であるなら　未来は現在の行動が創る

I

ガキ大将から不良（ワル）、不良から極道へ、グリフォンも例にもれず、一般的な道を歩んできた。しかし、彼の場合は次元が違った。中学時代に伝説化するほどの場数を踏み、倒した相手は一〇〇〇人を超える。何十人もの不良で構成された族（チーム）をいくつも潰し、チンピラまでもねじ伏せていた。高校時代は、それまでの日々が幻であったかのように、ケンカをしなくなった。学生の間では全国的に有名になった彼に、たまに州外から遠征してくる不良とケンカするだけで、平穏な高校生活だった。それは、彼が街の治安を警察以上に保っていたからであった。

彼がケンカをするのは、友達を守るのがはじまりだった。近所の親から「〇〇を守ってやってね」と挨拶代わりに言われ、いつの間にか、街中の親から言われるようになった。彼は相手が誰であろうと、誰かを守るために闘ったが、いつしか口実になっていた。無論、自分のほうからケンカになるように仕向けたりはしないが、強い相手と闘うたび、彼は充実感を覚えていた。肉体と精神が熱くなるほどに潜在能力が解放され、力が湧いてくる彼は、ルール無用のケンカが生きがいになっていた。それほどケンカ好きで強い彼でも、たったひとりでは武勇伝をつくれない。彼には友がいつも傍にいた。

ロスに本拠を構える三大マフィアのひとつが、ニューヨーク制圧の足がかりとして、彼の住む街に拠点を築いた。将来、彼が所属する組織である。彼の友とは、ボスの三男・レオポルド。法的に妻として迎えられないが、第二夫人と呼ばれるメキシコ系女性の子である。レオポルドは母方の血が濃く、肌は小麦色で髪と瞳は黒い。ボスである父は、この三男に期待した。将来、組織を率いるに相応しい貫禄と、肉体と精神の強さを持つことを。

父にケンカで一番になれと言われ、同学年で一番の彼にケンカを売ってきたのが、縁だった。彼に挑戦し、コテンパンにされた。それからは、彼を慕って、常に行動を共にしようと決めた。はじめは幼い子供心の憧れだったが、成長するにつれて、いつか彼の背中を守れるようになりたいと思っていた。こいつを倒したいという思いが生まれるほど暴力性はなく、極道の子として、レオは優しすぎたのだ。

三男ということもあり、よく言えば甘やかされ、悪く言えば無関心に育てられた。しかしそれは、レオにとって悲運をともなった幸運であった。レオの中の白い心は、父の都合で曲げられることなく、黒く染まることなく育つことができた。そして、常に友の名が先にあがるとしても、息子の名も聞こえてくるようになると、父は勝手に満足していた。小学校も高学年になれば、大人になったときのための教育をはじめなければならないからだ。彼といれば、いい刺激になるだろうと、父は安直に考えていた。父の存在と自分の中にある白い心にレオは悩むようになり、成長とともに苦しみをともなった。そのことを彼は知っていたが、自分といるレオは完全に忘れているので、気にしてやらず、後悔することになるのだった。

レオとの思い出はケンカに関わることばかりだが、かけがえのない思い出もある。彼のあだ名、「Ｇａｎｇ☆Ｓｔａｒ」はレオがつけてくれた。耳にするだけだと、ただの構成員（Gangster）に思われてしまう。Ｒｏｃｋ Ｓｔａｒ（ロックスター）と同じ意味を持たせるために、間に星のマークをいれるんだと。彼にとって、その造語は、何物にも代えることのできない、最高の贈り物であった。

一〇歳になると、ふたりはボクシングジムに通い、ボクシングの技術を学び、本格的なウエイトトレーニングをしていた。まだ小学生のくせに、どうすれば相手を倒せるか、多数を相手にふたりでどう立ち回るかなどと、本気で議論するのだ。このころには、中学生とケンカをしていた。一対一でのケンカもまれになり、日頃から鍛えていても厳しいケンカになっていた。

中学生になると世界が一変する。ケンカというよりは、殺し合いに近いものへと変貌した。極道の一歩手前、不良（ワル）の世界である。大人ではない少年たちに容赦や慈悲などない。一対一で勝てなければ、勝てるだけの人を集め、凶器を使う。降参しても、相手次第では半殺しにされる世界である。しかし、強い相手と闘いたい彼には望ましい世界だった。レオも同じだったが、将来のことを踏まえてである。

入学当初は週に一度くらいのペースでケンカをしていたが、二年生になるころは週に数回することも多々あった。中学生になると活動範囲が広がる。ケンカに勝つたびに知名度があがり、周りの市にまでふたりの名は轟き、日増しにケンカの回数が増えていった。ピークに達したのは二年生の夏である。

この夏を想うと、今でも彼の心を熱く焦がす。


このころの遊び場は、ニューヨークシティだった。昼間は健全な場所で遊んでいたが、夜になるとカジノやクラブで遊んだ。無論、そこはレオの父の店であり、ふたりはただ遊んでいるだけで、勝っても負けてもお金のやりとりはない。また、ふたりは酒を飲んだり、たばこやドラッグに手を出したりはしなかった。酒とたばこには興味はあったが、肉体の強さを求める今は摂取しないと決めていた。

最初の一週間で、ふたりの顔はニューヨークシティ中に知れた。

そもそも、ふたりは目立つのだ。爆音が出るマフラーを装着した日本製の単車（レプリカ）に乗り、アルマーニで身を固めた少年である。鍛えているので体格はよく、背も同世代では高い方だが、大人の標準よりは当然低い。サングラスをかけて眼年齢を隠しても、大人かどうか判断し難い。そして、ふたりを知る不良がケンカを売り、往来でぶちのめすのだから、あっという間に有名になる。もちろん、有名になるには理由があり、自分たちより強い奴が出てくるか、族のターゲットになるためだった。

ケンカして倒したのは同じ中学生ばかりだが、ふたりの圧倒的な強さに対して敏感に反応したのは、高校生や大人たちであった。中学生とはいえ野放しにしていては、自分たちの威信に関わる。そして、五〇人ほどの族を率いるリーダーがグリフォンにタイマンの勝負を申し込んだ。

場所はブロードストリート。族は誰もグリフォンの顔を知らないので、勝負を受けたのはレオだった。メンバーと公衆が観ている前で、ただ一撃、相手のジャブにカウンターを合わせたレオが、リーダーを失神させた。レオの動きが見えたのは、グリフォンだけだった。中学二年とはいえ、ふたりの格闘能力は玄人の領域を超えつつある。もはや同世代では、国際大会で優勝できるほどの実力者でなければ、ふたりの相手にならなかった。

「…っきしょう！」

「こうなったら俺たちで潰すしかねえ」

一見すると乱闘のようだが、グリフォンとレオには単なる掃討戦にすぎなかった。五〇人近いメンバーを失神、もしくは戦意喪失させるのに五分を要せず、警察が来る前にふたりは目的を果たして撤収した。

「弱すぎる。所詮、不良（ワル）なんてこんなもんだな。グリー」

「まあな」

ふたりとも不良やチンピラの中に、自分たちと同等、あるいは強い奴がいるとは思っていなかったが、ケンカで強くなるために、真剣に格闘技をやっている者たちに勝負を挑むことはできなかった。

「だよなぁ。キックか空手の大会に出てみてーけど、俺が優勝したら、みんなの夢を壊すことになるからなぁ」

「でも、もう少しだぜ。あとひとつかふたつも潰せば、狩りがはじまる」

「だな！　ゾクゾクするよな」

「おい、顔が笑ってるぜ。お前の場合、ワクワクするだろ」

ふたりは、さらなる高みを目指していた。それは、他人を威圧し屈服させるに足る『力』であった。あるいは、そういった強大な力に抗しうる力であった。スマートなものである必要はなく、表社会では望めない。時として何でもありの裏社会の人間、それも、まともに闘えないほど圧倒的な人数を相手にしての殺し合いを望んでいた。ふたりとも、自分たちの行為に正しさを感じてはいなかったが、もっともっと誰よりも強くならなければならないと切実に感じていた。

Ⅱ

これからというとき、後輩が知人を連れて訪ねてきた。友達がレイプされたので報復を頼みに来たのだ。知人を覚えておらず、知人の友達も、ふたりは知らなかったが、答えは決まっていた。しかし、ここを離れることに不安を覚えた。ニューヨークを拠点とした理由は弱点をなくすことにあった。不良たちに人質という案が浮かばないよう、アウェイでの闘いを選んだのだ。

このときすでに、ふたりの友人、知人はエリート営業マンの客並みにいる。ふたりを知る者の数は、その比ではないが。この当時、携帯を持っているのは大人であり、子供まで持つようになるのは、何年も先のことであった。そのため、友人たちに連絡を取るには、直接会うか固定電話を使うしかなく、ふたりは地元へ戻った。

ふたりは犯人の似顔絵のコピーを数千枚用意し、数多い知人から目撃情報を集めることにした。一ブロックごとに手分けして配り、知り合いだけでなく、同世代の人に声をかけ、近隣の街にも配って回った。

そして翌日、水商売の女性から連絡が入った。彼女の勤めるクラブに頻繁に出入りする男に似ているという。また、堅気のようには見えないから気をつけてと注意を受けた。しかし、相手が誰であろうと、ふたりが怖れるはずもなかった。

ふたりは、その女性に頼み、犯人を同伴（店外デート）させ、人通りの少ない、裏通りに連れて来させた。

「こいつで間違いないか」

「うん……」

今日、この場所で、はじめて被害者にあったのだが、黒人であることに、ふたりは何のためらいも示さなかった。被害者は黒人であることを隠していたのだが、ふたりには関係なかった。助けを求められれば助ける。誰かを守ることは、ふたりの義務になっていた。

「じゃあ、ケジメ、つけさせてもらうぜ」

「てめえ、俺に手を出したら、どうなるかわかってんのか?」

「それがどうした。お前みたいなチンピラ、怖くねえよ」

グリフォンとレオはチンピラを押さえつけ、黒人の少女に、思い切り股間を蹴らせた。股間をおさえて悶絶するチンピラに黒人の少女は容赦せず、顔面を蹴って鼻血を出させた。

「これで終わりじゃねえぞ」

チンピラをこらしめるのが面倒になったふたりは、思い切り手の甲を踏みつけた。両手を踏みつぶされたチンピラは、奇怪な悲鳴を発した。

「グエエ……イッテえ！　てめえらこそ、これで終わりだと思うな。俺の親父が黙っちゃいねえぞ。ここだけじゃねえ、ニューヨークを仕切る極道だからな」

チンピラは大げさな表現を使った。チンピラの父はたしかに極道だが、小規模の組織だ。それでもニューヨークに本拠を置く組織であり、相応の力はあるが、そのことを知っていてもグリフォンとレオは同じことをした。彼は一瞥しただけで答えなかったが、不敵に笑ったレオが答えた。

「フッ、望むところだ」

いつもなら、反撃の意思を失うまでグリフォンは相手を痛めつけるのだが、今回はそうすることをやめた。その理由は、このままニューヨークで暴れていても、望む展開になるとは思えなくなっていたからだ。チンピラをこれで帰せば、組織の力を利用して必ず報復に来るだろう。自分たちの命は危うくなるだろうが、それこそが、ふたりが望む理想の展開であった。

数日は、何もなく過ぎた。不良たちはふたりの力を警戒し、出方を窺っているのだろう。ニューヨークへ戻ったふたりだが、退屈な日々を送っていた。そんなところに、先日、痛めつけたチンピラが声をかけてきた。

「お前のオンナと友達は預かった。無事に返して欲しいなら、ここへ来い」

そう言って、チンピラはメモをグリフォンに渡した。が、彼は受け取った瞬間に破り捨てた。チンピラが顔を赤くして呻く様を、横目にして彼は言った。

「オレのダチはここにいるぜ。それに、オンナって誰のことだ？」

これは不特定多数の彼女がいるという意味ではないが、どう解釈されても彼は一向に構わなかった。リンチは望むところであったが、主導権を握られるのは嫌だった。

「この前、一緒にいた奴らと黒人の女だ！　ふざけてんのか！　あ？」

激怒するチンピラの発音が悪く、あまり聞き取れなかったが、チンピラが何を言っているのか、ふたりには理解できた。

「あいつらか……」

レオは心配そうに言い、腕を組んだ。

「場所と時間はオレが決める。ヨンカーズへ向かうハイウェイにある廃工場に、今夜、日付の変わる時間に来い。そこなら何百人でも入れるし、オレがいれば警察(サツ)は手を出さない。それでいいな」

あまり使ってなさそうな頭でチンピラは考えたようだが、結論はすぐに出た。

「わかった。逃げるなよ」

「ククク……せいぜい人を集めておけよ。一〇〇や二〇〇じゃ、ひとケタ足りないぜ」

傲然と言い放つレオの迫力に、チンピラは鼻白んだ。

夜半、廃工場裏の荒れ地に二〇〇人の危険な男たちが、金属バットや鉄パイプを持ってたむろしていた。大半が下卑た笑いを浮かべ、これから起こす惨劇の時を待ちわびているようであった。世間から白い目で見られている男たちが時間を守るとは、チンピラのバックが恐いからだろうが、殊勝なことだ。

「チッ、まだ来ねえ」

　定刻の五分前になっても、グリフォンたちが現れる気配がない。男たちが苛立ちはじめたとき、唸るように爆音が何重にも重なり合って響いてきた。彼は時間にルーズで、自分のペースで移動時間を計算するため、これが日中なら確実に遅れていた。

「……！」

　一〇〇や二〇〇ではない。明らかに、自分たちの倍は改造車が近づいてくる。そのうち、廃工場が無数のライトに照らされ、不気味に浮かびあがった。そして、地が震えるのを男たちは感じた。一度に何台もの車やバイクが工場の間から飛び出し、男たちは数える気にもならない。一〇分で男たちは取り囲まれてしまった。それでもまだ終わりが見えず、囲みに厚さが増していく。一方的な私闘、リンチになると思っていた男たちから余裕と笑みが消えた。

　改造車の波に呑まれて工場内に入った、グリフォンとレオも、車両の台数や集まった人々の正確な数は把握していない。一〇〇〇人くらいはいるだろうと思った。中には、不良でない者も多数いるだろう。とにかく、地元や近隣で潰した不良に声をかけ、ギャラリーとして来るように頼んだ。そして、彼らの友達や知り合い、誰でもいいから連れてくるように伝えた。夏休みだから、五〇〇人くらいは集まるだろうと思っていたが、こんなに来るとは予想外だった。念のため、警察の知り合いに声をかけていたが、郊外とはいえ、これほどの人と車が集まれば、警察に通報されるか見つかり、阻害されてしまったろう。

「これじゃ、話が違うぜ」

「おいおい、こんな暗いところじゃ、殺しあえねえだろ」

「………」

平然と、これからの私闘を殺し合いと言ってのけるレオに、チンピラは気圧された。

「勘違いするな。あいつらはリングだ。お前らがビビって逃げないためのな。このコロシアムから逃げる者は、あいつらが半殺しにする」

「お前と黒服は銃を持ってるんだろ？　向かって来させろ——最後までな」

ふたりは経験から知っていた。相手がどれだけ数を揃えても、本気で向かってくるのは、最初の数十人くらいだと。数がいれば勝てるとわかっていても、ふたりが疲れ果てるまではやられるのだ。圧倒的な強さを見せつければ、怖れて手を出してこない。逃げる者も出てくる。しかし、この状況下なら、最後まで立ち向かっていくしかない。

「ふたりだけで来るんだな」

グリフォンは唇の片端をつりあげ、無言で嘲笑う。レオは——

「いちいち念を押すなよ。俺たちが数をたのみにするか。人質を解放すりゃ、ふたりだけで相手になってやる」
人質を解放し、チンピラが手を振るのを合図に、殺し合いに近い私闘が幕を開けた。

Ⅲ

ふたりは、背を合わせ、互いに後背を守りあうというバカげた手段を選択しなかった。現実的な戦法ではない。敵の攻撃を躱せば後ろの者が無防備で喰らう。すべての攻撃を受け止めていては反撃できない。数歩で援護できる距離で闘うことが基本。レオが前方の敵に集中できるように、やや離れた間合いでグリフォンがレオを守るのだ。
すでに、ふたりの才能は開花しているが、グリフォンは紛うことなきケンカの天才であった。何よりも、同世代では身体能力がズバ抜けている。軽いフットワークで敵と数mの距離を保ち、ワンステップで距離を詰めると同時に突くように蹴り、相手の利き腕と思われる指を潰す。その後、他の敵と離れていれば間髪入れずに追撃し、失神させる。他の敵が近く、追撃できなくても、片腕しか使えない敵など急所に当たらなければダメージはほとんどない。実写映画さながらの彼の体捌きであった。あらかじめ敵の動きが決まっているように見えるほど、華麗な動きで立ち回る。

かたやレオは、グリフォンのように軽いフットワークを持っていないが、トップスピードはレオの方が上である。ステップインの異常な疾さと移動距離の長さ、そこからくり出されるストレートの破壊力は凄まじい。手加減しないと顔面を潰してしまうだろう。しかし、これは一対一で有効な能力である。レオには彼ほどの瞬発力はなく、高速の体重移動もできない。つまり軽くて速いフットワークが使えない。何より、生まれ持ったもの――洞察力と空間把握能力――が違う。愚直に攻撃を受け止め、返す一撃で倒す。膂力のあるレオだからこそ可能な力技であった。左右どちらから攻撃が来ても、片腕で受け止める力がレオにはある。

五〇人を地面に這わすまで二分とかからなかった。ふたりとも無傷であり、息も乱れていなかった。

「これじゃ意味ねえ。いや、本気じゃねえからだ」

レオの言うとおり、相手は本気ではなかった。ふたりが強すぎるので逃げたいのだが、それではギャラリーに袋叩きにされる。仕方なく得物を振るうという、単調な攻撃しかできない。

「――掴まれるぞ、レオ！」

決して油断していたわけではないが、常に移動しているグリフォンとは違う。足元への注意より、前方への注意が中心になる。倒した相手が動くとは想定外だった。否、掴んできた相手は、やられてはいなかった。チンピラがない知恵を絞って罠を考えたのだ。

「ヤロウ！」

倒されはしなかったが、レオの動きが止まった。

「周りに目を向けろ！　そんなのは蹴り飛ばしとけ」

「わかってるよ！」

レオは答え、足を振りあげて掴んだ相手を宙へ飛ばし、金属バットを振り回す男の動きを止めた。

「だから、そっち、そっちじゃねえ！」

グリフォンが注意を促した相手は、もともとレオの周囲にはいなかった。自分に向いていた相手だったが、レオが足を掴まれると、レオに向かって走り出したのだ。

グリフォンは猛然とダッシュするが、それでは追いつけないことを知覚した。膝を曲げ、上体をさげてから跳躍した彼は、瞬時に五mほどの空間を跳び、ドロップキックを見舞った。

戦況が一変する。

辛くもレオへの攻撃を止めたグリフォンだが、着地して動きが止まる瞬間を狙われた。

「グリー！」

渾身の力を込めて振られたバットが、グリフォンの額を直撃した。正確には、彼が額をぶつけたのだ。

「……平気だ、ほっとけよ」

割れた額から鮮血が溢れた。痛恨の一撃に耐え、グリフォンは親指を立てた。その姿にバットを当てた男は気圧されて追撃できず、レオに殴られて失神した。彼の身が心配だが、ここで庇っては戦況をさらに悪化させる。レオは友の言葉を信じた。

グリフォンは動けなかった。そこへ、ふたりの敵が鉄パイプを振るってきた。ヘッドバットの威力で減殺したとはいえ、脳へのダメージは大きかった。

——助かった、バットじゃなくて……

両腕でガードしたグリフォンは、立ちあがる勢いを利用して鉄パイプを押しのけた。重さのあるバットでは倒れ込んで躱すしかなく、追い込まれてしまう。間髪入れず、右ローキックで右側の敵を転がすと、彼はそのまま体を回転させ、廻し蹴りで左の敵を失神させた。

乱闘は中盤を迎えた。打撲は少ないが額を割られたグリフォンに対し、レオは無数の打撲を受け、肋骨を二本折られていた。ふたりは想像していた以上に消耗させられたが、この状況こそ望んだものであった。雑魚が相手でも必死に闘わざるを得ず、まだ一〇〇人以上残っている。その光景を視認したふたりは、不敵な笑みを浮かべていた。

いつの間にか、リングは狭まっていた。白熱する決闘に、観客もヒートアップしていた。リングが狭くなることは好ましくなかったが、熱を帯びはじめた声援は、ふたりに力を与えた。疲れも痛みも忘れさせてくれた。

「この感覚…何だろう。力が湧いてくるようだ……」

ふたりとも同じようなことを感じていた。

……俺たちは強くなる！

……戦わずして敵を退かせるほどの力を手に入れる！

ふたりは互いに視線を合わせると笑った。相手の考えていることがわかったからだ。

「Let's Go Buddy（行くぜ兄弟）！」

「Yeah（おう）！」

グリフォンの動きは単調なものになったが、ヒットアンドアウェイの姿勢は崩さず、敵との一定の距離だけは保って闘い続けた。レオもまた、完全に足は止まっているが、受けて返す姿勢は保った。ふたりは気づいた。仲間たちの声が自分の力に変わることを。肩で息をしていても、出血がひどくても、骨が折れていても、肉体が疲弊していても、自分たちを励ます声に体をつき動かされるようであった。

数分後、敵の数は三〇を割っていた。

「レオ、雑魚は任せるが、チンピラたちから目を離すな」

「わかった」

このままでは味方が全滅するとチンピラは思っている。黒服に命じて銃を使わせるはずだと、グリフォンは予想したのだ。

グリフォンは一直線にチンピラに向かって走り出す。途中の雑魚を殴り倒し、一番近い黒服に近づく。黒服が銃を取り出すや否や、走った勢いを殺さず、突くようにハイキックを顔面に当てた。黒服は文字通り吹っ飛んで失神した。彼は余力を振り絞って、たった今闘いはじめたかのように動いた。電光の如く黒服に近づき、相手が反応したときには倒している。あまりの疾さにチンピラも黒服も狙点を定めることができず、ただ倒されていった。

「あっ……!」

何もできないまま黒服は倒され、チンピラは、自分が構えた銃の前に立つグリフォンを見た。自分が追い込まれると想像していなかったチンピラは、引き金をひけなかった。彼が呼吸を整えながら無言で構え、全身に力を漲らせる様を見ながら、チンピラは半ば自失していた。

「ブッ潰ス!」

右フック、左ストレート、右アッパーを瞬時に叩き込んだグリフォンは、浮きあがったチンピラをハイキックで追撃し、顎を砕いて失神させた。しかし、それで終わりではなかった。マウントポジションを取った彼は、ビンタを浴びせてチンピラを起こす。チンピラの目に恐怖の色が薄いのを見て取った彼は、加減して顔面に拳を叩きつけた。鼻が折れ、チンピラが腕でガードすると、今度は力を込めて拳を叩きつける。ガードしても威力を殺し切れず、チンピラは前歯を折られた。

無表情でチンピラを殴り続けるグリフォンに雑魚たちは恐怖し、得物を取り落とし、戦意を喪失した。しだいに、ギャラリーからの声も萎んでいった。

やがて、チンピラは涙を流して許しを願った。それは悲鳴にひとしかった。

「……」

殴るのを止めて立ちあがったグリフォンは、色のない瞳でチンピラを見下ろし、腹に足を押しつけ、思い切りねじった。カエルの鳴き声のように呻き、のたうち回るチンピラの額を蹴りつけた。涙と鼻水を垂れ流しながら、チンピラはわめき散らした。ファーダーという言葉だけを聞き取った彼は、チンピラが何を言いたいのか理解した。

「ククッ、まだ解らないのか？　手を出す相手を間違えたのはテメエだってことが」

それを聞いたチンピラは怯んで口をつぐんだが、グリフォンは意に介さず、レオの名を呼んだ。自分の名を呼ばれたレオは、ギャラリーのほうに向かって合図した。

Ⅳ

数十秒後、ギャラリーを割って出てきた一団が空気を一変させた。正確には一個の人間がとてつもない存在感を誇っていた。

レオの父である。金髪をポマードでなでつけてオールバックにし、世界有数ブランド『EAGLE（イーグル）』社製の商品で身なりを整えている。派手さ、カッコよさ、ドギツさを融合し、それらをダークカラーで目立たないようにするのが印象的なブランドであり、極道やチョイ悪オヤジが愛用している。至ってオーソドックスな極道スタイルだが、その男にスタイルは関係なかった。殺気が表に出る人間であり、その濃密で重厚なオーラは尋常ではなかった。

グリフォンは恐怖を覚えた。それも生身の人間に恐怖を感じたのははじめてだった。本能か、それとも肉体の反射運動か、震えることを拒絶するかのように、彼は無意識に拳を固めていた。親友の表情がこわばったことを視認したレオは、無言で彼の肩に手を置いた。

「！　お前……」

グリフォンは体の震えを自覚し、レオは彼の体が震えていることを感じた。彼はビビッていることを知られた恥ずかしさより、むしろ落ち着いた。自分を見るレオの瞳にはやさしい光があり、彼は安堵した。

今回の件がこじれて命を狙われ続けることを懸念したグリフォンは、レオの父親に手打ちを頼んでいた。その内実は、チンピラを利用し、チンピラの父親を恐喝するものであった。チンピラが自分の力を誇示するため、父親を呼んでおり、彼としては手間が省けた。

この後、レオが言っていたように、自分の父親は息子可愛さで出張ってきたのではなかった。レオの父親は、彼の想像を超えた凶悪な存在であった。

　レオとチンピラの父親は、黒服たちを従えて相対した。レオの父親の黒服は五人だが、チンピラの父親の方は倍はいる。

「おう、俺の息子にこんな真似してどうなるかわかっとるのか？　あ？」

　チンピラの父親が切り出すが、一語ごとに顔色が悪くなっていき、トーンもおかしい。レオの父親が発する威圧感に、チンピラの父親は呑まれはじめていた。レオの父親は、相手の言い分など端（はな）から聞く気がないようだ。まったく交渉する気のないレオの父親は、手打ちの条件を呑ませるため、はじめから凄まじい圧力をかけていた。

「息子どもがやったことなど知らんな。そんなことより、グリフォン、そのガキが何をしたか言え」

　静かに返答したグリフォンは、進み出て説明した。

「あんたの息子は、オレのダチをレイプしたんで報復した。それを逆恨みし、今日、集団で、しかも銃を持った部下を連れて報復に来たから……」

「それがどうした言うんじゃ、わりゃあ！」

　チンピラの父親が虚勢を張っているのは、誰の目にも明らかであり、金切り声に近い。息子のチンピラが、冷静でなくなると発音が悪くのは遺伝のようだ。

「オッサン、ブルッてんなら口を挟むな。まだ話は終わってねぇ」

　レオが脅しをきかせ、グリフォンの目が据わると、チンピラの父親は口をつぐんだ。少年たちの格闘能力と無慈悲な精神を思い出したのだ。

息子がレイプしたこと、大勢でリンチにかけたこと、銃を使用しての殺人未遂、これらを不問にする代わりに、相応の対価を支払うように要求した。説明をはじめたころは、息子と部下の手前、何のかのと文句をつけていたチンピラの父親だが、説明を聞くうちに口数が減った。彼の持つ力、警察への影響力によって組織を瓦解させられる可能性を懸念したのだが、所詮はガキであり、防ぐ方法はある。ゆえに、虚勢とはいえ、文句をつけていたが、最終的には屈服した。レオの父親の無言の圧力には抗えなかったのだ。レオの父親が放つ負のオーラは、余人に畏怖の念を植えつけるほど人知を超えた力があった。

折れざるを得ないチンピラの父親は、わずか一〇分でとんでもない条件を呑まされてしまった。それは、この街に持つ縄張り(しま)を差し出し、息子とグリフォンたちに手を出さないことであった。レイプ、集団リンチ、殺人未遂、どれほど大きい罪であろうと、法などに縛られる極道はいない。数百万ドル分の縄張りを奪われるとは、極道の面子が潰されたことと同じであり、今後、同業から舐められる存在となる。条件以上に大きな代償を、チンピラの父親は払うことになってしまった。

グリフォンは肉体の震えはどうにかこらえていたが、精神がざわつくことは抑えられなかった。汗はかいていないようだが、悪寒はする。吐き気をもよおす邪悪とは、レオの父親を言うのだろう。レオの父親は、人の皮をかぶった別な生物、彼の想像力では悪魔としか思えない。チンピラの父親が憐れに思えるほど、レオの父親は外道であった。また、レオの父親の真意を、彼は見抜いていた。これほど屈辱的な条件を呑ませたのは、チンピラの父親がニューヨークにも縄張りを持っているからだ。チンピラの父親は、このまま黙ってはいないだろう。それを返り討ちにして、ニューヨーク制圧の足がかりにする心算なのだ。外見に惑わされるが、レオの父親は、ただの武闘派ではない。幹部の知恵かもしれないが、こういった交渉ができるのだから、急速に組織を拡大した力は本物であり、為人とは別に、極道組織の首領として器がある。

グリフォンとレオは、この件で大きく成長できたことを実感した。死線を乗り越えたふたりの間には、自分たちが友で、一緒にいることが自然である感覚とは違う感覚が芽生えていることを知った。相手の存在に感謝していた。その相手と友であることが嬉しかった。

レオの父親たちを見送ったあと、グリフォンは意識を失った。血を流し過ぎたのだ。気がついたときは病院の個室だった。

夏休み最後の五日間。ふたりは病院の個室のベッドに並んで寝ていた。新たに芽生えた相手を想う感情に対して、ふたりは何も言わなかったが、一度だけ、固く手を握った。その手の温もりから、相手の心情を察することができた。グリフォンにとって、生涯忘れられない思い出であり、無限の時間を感じたときであった。

上級生を倒した、五〇人以上の族(チーム)とやり合った、大人(チンピラ)と揉めた。そんな日々しか浮かばないが、充実していた。常にレオが後ろにいることに、グリフォンは感謝していた。レオと友であることが嬉しかったし、ふたりでいることが楽しかったし、いつも安心できた。レオ彼は、人を差別することがなかった。レオは、親がマフィア、それも大物であり、同級生や近隣の住人たち、さらには教師からも煙たがられたが、彼の存在がレオの周囲を変えた。レオのことだけでなく、彼は肌の色も気にしなかった。黒人と仲良くし、アジア系の人種も助けた。

彼は母子家庭同然で育った。父はＣＩＡの諜報員で、ほとんど家にいなかった。彼が中学生のとき、父はインドでの活動中に死亡した。中東で工作員として活躍し、国に多大な貢献をしたらしいが、事実とは限らない。ＣＩＡの活動は公然化されるものでない以上、死ねば死に様を美化して生前の活動を隠すものだ。母は、父の意志を継いで、父の考えを息子に伝えた。否、女手ひとつで子供を育てることで、彼女が精神的に強くなったのだ。彼女が息子を育てる過程で教えてきたものは、父の意志を超えていた。

ひとつ、人として強くあれ

ふたつ、自分のこころが真っ直ぐになるように生きろ

みっつ、友と絆の意味を知れ

みっつめの意味を、彼は高校生になってもよく理解できなかった。言葉の意味を知るだけの単純なことではないからだ。それを知ったのは、もっとも大切なものを失うことが避

けられぬ事態となったときであった。

高校生になったグリフォンに、新たな転機が訪れる。今までは地元で騒がれる程度だったが、ニューヨークやシカゴなどの大手出版社からモデルの依頼が来るようになった。男性では異例の少・青年誌の表紙を単独で飾り、ファッション雑誌では女性モデルよりも表紙を飾ることが多かった。彼の生き様は、男女を問わず、絶大な人気につながった。わずか数ヶ月でカリスマモデルの仲間入りをし、認知度ではナンバーワンになっていた。

また、北欧メタルをロックにアレンジした曲で、歌手としてもデビューした。国内受けは悪かったが、はじめから彼はヨーロッパでの興行を目的としていた。メロディを重視したメタルロックは、彼がにらんだとおり、ヨーロッパを席巻した。しかし、ヨーロッパでのライブツアーは行わなかった。また、俳優の依頼も断った。写真撮影なら長くても一週間程度で、歌もレッスンを地元ですれば、収録は一日で済む。学生の身であることを理由にしたが、この当時から金銭には興味がなく、彼は自分の立場を自覚し、街を守ることを優先したのだ。

平穏な高校生活は、グリフォンに精神的な成長するための時間をもたらした。勧められてはじめた芸能活動に、金銭に興味を持たない彼は熱心になれなかったが、自分自身を見つめ直すきっかけになった。守るべき信念の核ができ、大人としてどう生きていくか、方向性が定まった。そんな充実した高校生活も終わろうとしていた。

「お前、警察学校(ポリスアカデミー)に行くんだって？　フツーは二〇歳になるまで入れねえけど、お前が警官になるなら、警察は大歓迎ってところか」

「二〇歳になるまでは資格はもらえねえけどな。それより、お前、いい加減、先生と話せよ。ハッキリさせたほうがいいぜ」

「あの先生、結婚してるくせに、お前のことはかなり意識してるからな」

「それは、オレたちが中学のときにやり過ぎたからだ…お前のことだって本気で心配してるぞ。わかってるだろ、いい先生だって」

「それは、まあ……わかってるけどなぁ……」

含みのある微笑を浮かべて、レオは話をそらそうとした。

三大マフィアのボスを親に持つ、レオの内にある正義を、ふたりの担任教師は知っていた。それを活かせる道を考えようと、レオに話す時間をつくるように再三言っているのだが、当人はこの一年間はぐらかしていた。無理もないことで、三者面談や家庭訪問で先生が会ったのは第二夫人であった。父と会ったなら、将来は変えられないとあきらめているに違いなかった。そうなることがわかりきっているので、グリフォンも、無理に笑顔をつくってごまかしていた。

「俺は大学に行きてぇなぁ。中学や高校と違って、自由があって楽しいだろうな」

それには、グリフォンは答えられなかった。レオが学校生活を送れるのは、高校までだと彼は理解していた。高校を卒業すれば大人と見なされ、極道の世界に入れられる。

「しっかし、お前が警官になるなんてな。てっきり、俺の組織に来ると思ってたのに」

「いや、オレはただ、街の人たちを身近で守れれば、それでいいんだ。今までのように…これからも、ずっとな」

「そうか……」

レオは何か伝えたい様子だった。そのことは、グリフォンも解っていた。

「なあ、レオ。オレたちは何があっても変わらない。それが兄弟だろ」

それを聞いたレオは微笑した。兄弟という言葉は、ふたりには無限の意味がある。

「俺、将来について、よく考えてみることにするよ。このままでいいのかどうか」

それ以来、将来について話したことはない。そして、永久に話すことはできなくなるのだった。

V

卒業を数ヶ月後に控えた三月のことである。大事な話があるとレオに呼ばれたグリフォンは、街で一番豪華なホテルの前にいた。歩道には雪がつもり、空には幾億もの粉雪が舞っていた。街の光を雪が輝かせ、幻想的な光景が広がっていた。

……たった一ヶ月が何年にも思えるな……

何気なく窓越しにロビーを見たグリフォンの瞳に映ったのは、ボスと側近がロビーでくつろぐ姿であった。そして、彼らの後方で動きがあり、レオが見知らぬ男と階段から下りてきた。

……誰だ？

ここ一月ほど、レオとは会っていなかった。将来について悩んでいるのだろうと思い、連絡を取らなかった。レオの父は極道の中でも武闘派であり、たった二〇年でギャングからマフィアへ、アメリカ三指に入るほど組織を大きくした急進的な存在だ。

今から一世紀以上前、西部開拓時代に西海岸を荒らしまわったB.B.ギャングのボス、ブルーノ・ブルースを祖とする。二〇世紀に入ると近代化についていけず、没落の一途を辿ってきた。レオの父は中学へはいかず、ギャングの道へ入り、一五歳ではじめて殺人を犯した。極道らしからぬ臆病な父を忌み、殺害して九代目を襲名したのである。レオの父は生来の外道であり、ロシアや中国のマフィアも恐れをなすほど凶暴な少年で、一〇代のうちにロスの半分を征した。

大組織の極道の男子として生まれたからには、嫡出でない三男であろうと他の道を選ぶことは容易ではない。ふたりの兄には、まともな道を歩ませているが、これは極道組織を存続させていくためである。口には出さないが、三男のレオに後釜として期待しているのだ。レオが将来をどう考えているか、グリフォンは具体的に聞いていないが、別の道を歩むつもりのようだ。しかし――

あれは、息子が正義や法はもとより、他の道を歩むことを許すタマではない。高校でもチンピラと揉め、二度、レオの父親と会ったが、その迫力にグリフォンは圧倒され続けた。会うたびに負の力が増すようであった。自分が成長しても、この男が発する恐怖からは逃れられない気がした。しかし、可能な限り、自力で乗り越えなくてはならない壁であるため、離れて見守るつもりだったが、目を離しすぎてしまったようだ。否、目を離すべきではなかったのではないか。怪物じみた父親が相手だ、ふたりで立ち向かうべきだったのかもしれない。

「！　極道(マフィア)か？　いや…警察(サツ)だ！　まずい！」

窓に向かってグリフォンは、身を躍らせた。轟音とともに窓ガラスが砕け散り、周囲の目が彼に向けられる。

「ボスを守れ！」

グリフォンの言葉を聞いたボスの側近たちは、瞬時にボスを中心に円陣をつくりあげ、周囲に目を配った。彼とは何度か顔を合わせており、少年だが一目置いているからこそ、ボスの側近たちは彼の言葉に従ったのである。

グリフォンは肝心なことを告げなかった。後方への注意を促さなかったのだ。自分が行かなければ、ボスの側近たちにレオまで撃たれることを知っているからであった。

　左右の警官隊をボスの側近に任せ、グリフォンは一直線にレオに向かった。レオは警官数人と揉み合っている。彼の特集記事を組むから書いて本にしてみないか、と申し込んできた熱意ある記者が潜入捜査官だったことに激しく動揺し、レオは反応が遅れてしまった。

　銃弾の飛び交う中に、グリフォンは身を躍らせた。彼には、撃たれない確信があった。警官隊は、少年が乱入すれば発砲をひかえる。ボスの側近たちは、その隙をつくってくれたことに感謝する。さらにボスの側近たちは一目置いている彼を巻き込んだりはしないし、この距離なら合間を縫って警官に当てる射撃の腕がある。

　レオの周囲には三人の警官がいた。その中のひとり、潜入捜査官が反応の遅れたレオを押さえ込み、戦場化した危険な現場から遠ざけようとしている。

「止まれ、グリフォン！」

「お前、マフィアに味方する気か？」

　自分に声をかけた警官ふたりは、昔からの顔見知りだった。ボスの側近と銃撃戦を展開している警官たちも、顔は見ていないが、ほとんどが自分と顔見知りであろう。

「……（ごめんなさい！）」

　眉間にしわをよせ、白い歯がむき出しになるほど噛みしめるグリフォンの表情は、怒りではなく、哀しみに満ちていた。レオを助けるためには、この場にいる警官を全員殺すしかないことを、彼は理解していた。

　猛然と走り込んだグリフォンは、そのままの勢いでふたりの警官の顔をわしづかみにすると、互いの後頭部を叩き合わせた。咽喉の奥から異物を吐き出すような声をあげて、ふたりの警官は昏倒した。

　レオは一本背負いの要領で潜入捜査警官を床に叩きつけると、間髪入れず、額に拳を打ち込んで気絶させた。そして、警官の銃を奪ったグリフォンは、気絶させた三人の警官の額に銃弾を撃ち込んだ。

「……………」

　ふたりとも無言だった。互いに、警察には顔が知れ渡っている。ふたりが街から絶大な信頼や好意を寄せられているとしても、大捕り物を邪魔して逃亡を補助したとなれば、警察としての威信の前に、ふたりを許すことはできない。実際に殺したのはグリフォンだが、ふたりとも断腸の思いだった。

　ふたりが階段付近の警官を片づけたとき、ロビー周辺の警官も、ボスの側近によって排除されていた。


「これは、どういうことだ？　レオ」

「申し訳ございません」

父の前で土下座し、床に額をこすりつけたまま、レオは動かない。

「騙されました。わたしなりに、先のことを考えて行動していましたが、つもりだったようです。申し訳ありません」

これはしかし、レオが迂闊だったというより、父のほうが油断していたというべきだろう。高校の卒業を間近にひかえ、卒業後は、この街を任せるつもりでいたのだから、自分だけでなく、息子の周辺にも目を配っておくべきであった。

「……例外はない。お前でも、生かしておくわけにはいかぬ」

「バカな！」

それは、グリフォンの心の叫びであった。レオの父とは数えるほどしか会っていないが、異論を唱えることを無意識に肉体が拒否するほど、その存在は彼の中で怪物化していた。崩れかかる足に力を込め、彼は体を支えるのがやっとだった。

動揺するグリフォンの前で、レオは表情を消した彼のように冷静だった。いつか、このときが来ることを、レオは予期していた。友と過ごす日々が、心を白く染めあげたとき、自ら身を滅ぼすことになる。こんな事態を想像してはいなかったが、自分の心に従い、その身を犠牲としなければならないときがくることを、精神が成長する過程でレオは悟っていた。

「わかっています。少し、時間を。こいつと話す時間をください」

「いいだろう、一〇分後に来る」

「ありがとうございます」

父と側近が去ると、ようやくレオは頭をあげた。

「カッコ悪いとこ見られたな」

「お前……」

それ以上、グリフォンは言えなかった。以前、見返りもなく助けを求めただけでは見放されていただろう。現に、息子ですらルールを適用する冷酷無比な男だ。組織に害をなす者は生きるに値せず、そんな価値観を感じる。あのボスに対抗する手段が見つからず、レオにかけるべき言葉すら浮かばない。

「これでいいんだよ。やっぱり、俺は極道にしかなれねえ。お前といるのが楽しくて、ずっと一緒にいたからな。そんな俺に、オヤジは相当、期待してた。だから、今まで自由でいられた。いずれは兄たちを差し置いて、たぶん、俺をボスにするつもりでいたんだ。お前が警官になるなら、俺たちはもう、友ではいられなくなる。お前とオヤジは、相容れねえ」

レオは笑ったが、グリフォンには哀しく映え、親友の悩みに気づいていながら、甘く考えていた自分を恥じた。別離を思わせるレオの微笑を見た彼は、断固たる決意を固めた。殺るなら今だ。ボスが戻ってきたときなら、確実に殺れる。問題は側近だが、考えても無駄だ。絶対的な主を殺された衝撃で、復讐の意思をなくしてくれることを期待するしかない。

……お前だけ死なせたりしねえ。ここで死ぬのはボスだ。オレが殺る！

両眼に殺意を滾らせ、極道の貌になったグリフォンの心情は、レオに見透かされていた。スッと近づいたレオは、彼を強くハグした。瞬間、彼はレオの想いを知覚した。

……普段のオヤジに呑まれているようじゃ無理だよ。狙いを定めきれずに終わっちまうぜ……

否、それは、彼の本心であったのかもしれない。

「なあ、俺はずっと思っていたよ。俺よりも、お前のほうが極道に向いてるって。敵を徹底的に痛めつけて平然としているお前は――さっきも内心はともかく、必要とあれば警官でも殺れるお前は――極道になるために生まれてきた男だ」

真っ直ぐに自分を見つめるレオの眼差しは、かつて見たことがないほどに澄んでいた。友の瞳に感化された彼は昂ぶった感情が冷め、ただ黙って、友の声を聴いた。

「そんな反面、誰かのために危険をかえりみずに闘うことができるお前には、今の極道には失われた、極道にとって一番大切な、いや、極道だからこそ守るべき仁義が、お前にはある。それに、お前、肩で風を切っていたいんだろ？　そんなの極道以外の組織じゃ無理だぜ。お前が生きる道は極道しかねえ。わかるよな、兄弟。お前がなるべきは、警官じゃない。お前が目指すのは、人に愛される極道だ」

「――！　レオ……！」

レオの言葉、その想いは、グリフォンの魂を揺さぶった。

〝人に愛される極道になれ〟

それは天啓のように、それこそがお前の歩むべき道だと、自分の前でレオが扉を開いている光景が浮かんだ。確かにグリフォンには、人を守りたいという思いと、肩で風を切って歩きたいという思いが共存していた。人に愛される極道になることができるなら、彼の理想は理想でなくなる。友の想いは、彼に父のみっつめの教えを悟らせた。

……兄弟、お前も十分に極道だよ……

友情とは、相手の信念を尊重し、信頼すること。絆とは、友の信頼に応えること。友の望みが、自分の人生から希望をなくすだろうと感じていたが、彼には他の方途を選ぶことはできない。レオへの想い、その強さが、自分とレオに背くことを許さないのだ。

レオには先が見えていた。この一件がなくても、グリフォンが警察官の道を選んだ時点で、いつかは自分と組織は彼と争うことになる。だからこそ、今は自分だけが死ぬのだ。ボスの息子であるレオは、父の力を彼よりも理解している。すでに父は怪物だ。いずれ父は、表社会へ大きく影響を及ぼす、強大な力を持つ組織にする。レオは復讐ではなく掣肘を望んでいるが、彼が復讐の念を抑えきれなくなることを予見している。父を倒すために必要な力は格闘能力や武器ではない。この身を犠牲にして彼が極道になれば、いつの日か、父の発する畏怖に抗えるほどの勁い精神力を持てる。そのことをレオは、死を前にして冷静に判断していた。

「……レオ、約束する。オレは、人に愛される極道になる」

友の誓いを聞いたレオは、穏やかに笑った。何もかもすべてに満足した表情であった。グリフォンの誓いは、レオにとっては確定された未来なのだ。

「お前が変わらなければ、なれるさ。それから、もうひとつ頼みがある。お前にしか頼めないことだ…そう、お前はもう決意していることだ」

そして、微笑を浮かべたレオの最期の言葉は、ただ一言、「兄弟」だった。ふたりには、その言葉に無数の意味があった。無限の感情が込められていた。

「No more Tears, Leo. You live in My Heart……！」（オレは泣かないぞ、レオ。お前はオレの中にいる）

そして、一発の銃声が谺（こだま）した。

Ⅳ

強引に卒業資格を得たグリフォンは、身辺の整理をつけながら、友の想いに応えるための準備を進めた。当然、警察学校への入学をとりやめた。担任や級友から理由を問われた彼は、友のためとだけ答え、それ以上は口を閉ざした。

レオの一件で警察側に組織から制裁が下され、わずか一週間で三〇〇人を超える死傷者を出していた。組織は人を数人殺すために、家一軒を爆破できる量の火薬を使い、マシンガンを乱射し、周囲にいる者を故意に巻き込んで標的を制裁した。これは単なる報復ではない。関係者以外の者を、それもまったく無関係の者を故意に巻き込んで殺すのは、無言の脅しである。組織に手を出せば、市民を殺すという。

無差別テロのようなやり口に、警察や政府は無力であった。軍隊や民兵を駆り出して防備を固めても、ロケットランチャーを数発撃ち込んで軍隊ごとまとめて標的を殺した。防御を固めるほどに、攻撃はエスカレートする一方であった。

時の警察署長は動かざるを得なかった。証拠がなくともレオの父親が起こしていることに間違いはない。素人でも実行できるような強力な武器をプロが扱っているのだから、あっという間に報復は遂行され、現行犯で捕らえることができない。怪しい者を連行しても誤認逮捕にしかならない。警察署長は、金銭による解決を図り、仲介をグリフォンに頼んだ。

警察署長の依頼は、グリフォンにとって光明であった。彼は新たに組織を興すつもりはなかった。そんなことをすれば、すぐさまボスと敵対することとなり、無関係の者を巻き込めない彼は必ず敗北する。ゆえに、ボスの組織に入り、ボスをロスに戻し、幹部としてこの街の組織を仕切るつもりでいた。だが、自身の能力と貢献を認めてもらっているにしても、現段階で全権を渡してもらえるほど信頼を得ているとは思っていなかったからだ。

ボス自身は当然の報復のつもりだろうが、グリフォンはやり過ぎを感じていた。関係者及び一族皆殺しの上、無関係の者が居合わせているときを狙ってまとめて殺すのは狂気の沙汰でしかない。警察や政府には、これ以上はない脅しだが、それ以上に国民からの反感を買っていた。今は組織を怖れ、事業所や店舗に石を投げ、壁に落書きをするなど悪戯の範疇を出てはいない。しかしこのままでは、市民とまで衝突する。そんなことをボスは気にしないだろうが、市民と衝突する事態に発展してしまえば、破滅への道が開いたのと同じだ。世論が否定するものを政府が放っておくわけがない。数年前から、強い政府を提唱する閣僚が発足し、体制が整っている。いずれにせよ、このまま市民に被害が出続けるなら、一個師団以上の軍隊で制圧にかかるのは疑いようがなかった。

グリフォンは、ボスとの面談を申し込んだ。この面談によって、彼は東部の実権を握るつもりでいる。ニューヨーク進出をボスに諦めてもらう代わりに、この街をニューヨークを超える大都市にする計画を持ちかけた。現時点で詳細などはできあがっていなかったが、細かい部分などマフィアのボスが気にするはずはない。要は成功を信じさせることができるか否か、重要なのはそこである。

彼の力量を認めてはいるものの、ボスも幹部たちも、二〇歳前の彼をトップに据えることには反対であった。だが、計画の大筋を聞き終えたときには心変わりをはじめていた。彼のカリスマ性は知るところにあり、失敗する要因は皆無に近い。が、ボスと幹部一同の賛同を得るにはインパクトが足りなかった。しかし、彼は切り札を持っていた。

それは、警察署長が提示した和解の条件である。手打ち金として一〇億ドル。そして、グリフォンを幹部に据えるなら、警察は彼に従う。彼のためなら、警察は法を曲げて動くということである。市民の信頼を得ている彼が、警察を従えるなら、同業に対して無敵になる。これを提示されれば、彼を幹部にし、警察と和解するしかない。今後、組織を拡大するためには、他の組織との抗争は避けられず、被害を軽減するためには警察の持つ権力が必要不可欠であった。

ボスと幹部一同、グリフォンの提案を受け入れた。ニューヨークを奪うよりも、彼の提案を受入れた方が、メリットが大きい。一〇年でニューヨークを超えることは疑いようがない。さらに、その力は権力へと昇華するものであると、このとき、ボスは気づいていた。ブルーノギャング九代目当主の脳裏に、組織の力を絶対不動のものとする計画が浮かびあがっていた。

二〇〇四年四月一日、グリフォンは極道の幹部として、新たな生活をはじめた。弱冠一八歳の青年というよりは少年が、極道の世界を革新的に変貌(へんぼう)させていくことになる。すでに彼の大計画ははじまっている。

第四章　Rise in revolt against The BOSS

裏切りもボスへの道も同じ　異質な精神が知覚する方途

I

廃工場の跡地。砂利の間から雑草が生え、荒れ果てた広大な地に、大型スポーツバイクが転がり、暗紫色の高級だが威圧感のほうが勝るスポーツカーが停車している。スポーツカーの傍らで、アジア系の青年が金髪の青年を抱いていた。

リンチェイは声がかれるまで叫んだ。声が出なくなるとすすり泣いた。静かだった。近くを高速で走る車群が発する音が遠く聞こえ、自分の嗚咽が大きく響いた。

「――!?」

リンチェイは自分の感覚を疑った。かすかな鼓動を感じたのだ。ゆっくりとグリフォンの体を地面に寝かせると、胸に耳を当てた。

「……生きてる！　まだ生きてる！」

灯がともるように、リンチェイの顔に笑みがひろがった。

……俺に来いと厳命したのは…あの時、わざわざ着替えていたのは…死を偽装するためだったのか……

人工呼吸を行い、心臓に手を当てたリンチェイは気づいた。グリフォンが至近距離から胸を撃たれた光景が浮かんだ。

……肋骨は砕けているだろう。鼓動はある…だったら、マッサージはしないほうがいいな……

リンチェイの顔が自分の顔に近づいてきたので、瞳をあけたグリフォンは思わず、押しのけていた。

「グリー！　よかった。よかった！」

押しのけられたことを気にした様子がないリンチェイであった。蘇生できたとはいえ、グリフォンはすぐに動くことはできなかった。仮死状態にする薬が効いているのだ。彼が肉体の機能を回復させている間に、リンチェイはチームと連絡を試みたが、応答はなかった。しばらくして上体を起こした彼は、リンチェイに答えてやった。

「応答しないのは交戦中だからだ。言ったろ、外に出たボスを捕らえるのは不可能だと」

「………」

「これがボスの逃走経路だ。人の多いところへ逃げ、トカゲのしっぽ切りのように後続車を数台切り捨てる。だが、その数台が戻れなかったことはない。解るか？」

考えるそぶりを見せたリンチェイだが、すぐに答えた。

「……側近ひとりひとりの戦闘能力の高さ。その上、一般市民を巻き込んで銃撃戦を展開するからか」

「大正解。側近たちの戦闘力は我が国の精鋭部隊でも敵わない。武器は最新でロケットランチャー(RPG)まである。仮に、ここを大軍で包囲しようとしても、熱源センサーで監視してあるから、包囲網が完成する前に逃げられる。だが、問題は作戦じゃない。ボスを外で捕獲しようとするお前らＦＢＩに、市民を巻き込んで銃撃戦をする、その想定も覚悟もないってことだ」

　グリフォンの口調は、あまりにさり気なかった。リンチェイが、どの機関に所属しているかまで知っていたように言った。

「――！　お前、やっぱり……」

「全国の警察はオレの味方、中央情報局(CIA)は管轄外、麻薬や薬物は取り締まる側で麻薬取締局(DEA)の介入の余地なしとくれば、連邦捜査局(FBI)しかねえだろ」

「いや、そういうことじゃなくて……」

　グリフォンはおだやかに微笑した。

「お前がオレを裏切るってことは、オレが組織を裏切るってことだ。お前に出逢ったとき、この日が来ることをオレは期待した……そう、裏切りはオレが望んだことだ。オレは…踏み出す勇気が欲しかったんだよ」

　リンチェイは強く頭を振った。

「そうじゃない！　悪かった。相談する時間はなかったが、言うべきだった。まさか、こんなことになるなんて……」

「たしかに、前もって言ってほしかったが。いいさ、オレは生きてる。それより、運転させてやるよ。面白いぞ、パドルシフトは」

　そして、グリフォンは笑いながら、オレの街は車の限界速度までＯＫだと言った。

　ニューヨークへ向かって、大蛇はふたりを乗せて疾走していた。

「あの件はＦＢＩも知ってる……今さらだが、ＦＢＩが捜査官を潜り込ませるとはな」

「何だ？　あの件って」

　その反応に、グリフォンは苛立ちを覚えた。

「あ？　お前…ほんとに、二年も何をやってんだ？」

　鋭い眼光に射抜かれ、リンチェイは沈黙した。グリフォンは怒りをおさめ、話を戻し、潜入の目的を追求した。

「昨日まではあいまいな任務だった。実態を探るだけという名目だ。実際は、潜入できていればいいような雰囲気だった。ろくに調べず、報告もまともにせず、二年も潜ってはいられないし、それで処罰や注意されることもなかった」

「ふうん、何かのときのためか…で、昨日から事情が変わったと」

「ああ。正確には、もっと前だろう。俺が知ったのは昨日だが、準備は整っていたからな」

「そうだな。お前の言うとおり、たいした任務じゃなかったわけだ。捕獲作戦に潜入捜査官（お前）を外すくらいだからな。で、馬脚を現したわけは？」

「政界進出のうわさは聞いてるか？」

名将にたとえられるほど頭の切れるグリフォンだが、その答えは予測し得ず、口をまるく開けた。

「……いや、あり得ねえだろ」

「もう、一年前になるかな。でも、お前からは何もなかった。バリバリのマフィアが政界に出るなら、ボスについてお前から一言あるはずだからな」

グリフォンは、何かに気づき、小さな声で「あっ」と漏らした。彼は思い出した。ボスに謙譲語を使ってはいるものの、車に同乗し、隣同士に座り、気後れせずに会話する、自分より少し年上の男を。

「……そういうことか、おざなりじゃねえってのは」

「あ？」

「いや、今日いたんだよ。次男のほうがな」

ボスの息子については、グリフォンからリンチェイは聞いている。長男はシカゴで大病院を経営し、市民からは敬意と好感を得ている。次男は主に企業担当の辣腕弁護士であった。しかし、両者の行為や評判はあくまでも表向きである。銃創などによる治療が警察への通報をせずにでき、裁判沙汰になった場合に有利な判決を得るために、ボスは長男を医者に、次男を弁護士に育てたのだ。

「誰が立つのかは不明だが、確かな情報だ。支配下にいる議員や官僚は多いから情報源を絞り込むのに苦労したようだけどな」

　グリフォンは、かたちのよいあごに手を当て、考えるしぐさをした。

「息子ならあり得なくはないが、当選は難しいな。親がナンバー1のマフィアだと知ってる国民は結構いる」

「でも、誰が立っても同じだろ。ボスの意思を、大統領が代弁することになる」

　それを聞いたグリフォンは、眉間にしわを寄せ、瞳をギラつかせた。

「そうだな、大統領は致命的なミスを犯した」

「大統領!?　大統領が何だって？」

　リンチェイには、その意味がわからなかった。ボスを取り逃したことは大きなミスに違いないが致命的だとは思えず、大統領が絡むことも合点がいかない。

「お前を作戦から外すってことは、オレの協力は必要ないってことだ。つまり、きちんとした証拠や証言なしで裁判に臨むってことはよぉ、大組織のボスを有罪にできる権力が、FBI（お前ら）のバックにあるってことだろ」

「ああ、そうか。表社会へ多少の影響を及ぼすだけなら容認できるが、顔まで出すとなるとそうはいかない。だから、大統領が」

「オレたちには逆に問題になるぜ。オレは死んだことになってるから、時間は稼げるけどよ。大統領はてめえが助かりたいがために、お前らを売るだろう」

「？　どういう意味だ？」

「チッ、何にも調べてなかったんだっけな」

グリフォンのあきれた様子から、リンチェイにはわかった。あの件とは、よっぽど大きな事件のことであり、FBIの捜査官なら容易に調べられることだと。

「教えてやるよ。そろそろニューヨークシティに入る。一日、車を止めろ」

「ああ、わかった。ハヤブサほどじゃないが、これも楽しいな」

リンチェイに大蛇を左端のレーンに停車させたのは、M's Cityの中なら、自分の車が監視システムなどのカメラで撮影された場合、一時間後に自動消去される仕組みになっているからである。ボスが起こした報復についての話は長くなるため、彼はニューヨークシティに入る前に終わらせたかったのだ。

Ⅱ

「三度、警官（イヌ）を送り込まれた上に、その対象はボスの三男。だが、息子ですら殺害を命じた。それは、掟を重んじた、外道による悪魔の所業だ。そして、血の雨が降った。警察（サツ）のほうじゃ、三〇〇人以上死んでる」

そう語るグリフォンの表情は暗い。だが、大虐殺というべき報復が行われたからではないだろう。リンチェイは、彼の瞳の奥にある想いに気づいたが、それが何なのかは見当がつかなかった。

「当時の警察署長、今もそうだが、ハガーは震えあがって、オレのとこに来たよ。金で話をつけたいってな」

「……」

「お前は高校まで香港にいたから知らねえだろうが、これは当然、調べておくべきだ。お前がやるべきことをやっていれば、こんな事態にはなってねえ」

後日、Ｂｌｏｏｄｙｓｍ（血の掟）と呼ばれるようになる、ボスの報復は尋常ではなかった。初日で五〇人以上もの死者を出したボスの報復は凄まじく、数日で二〇〇人を超える死傷者を出した。常軌を逸した報復の手段は、当事者の家族や親族だけでなく、周囲にいる者をも巻き込んだのだ。国家威信に関わるほどの大事件を、政府は国内外に知れわたるのを防がなければならなかった。政府は完全な報道規制を布き、遺族に対し、国のために殉じた軍人の遺族同様、特別給付金を支給したが、死の真相は伝えず、知る者には口外しないよう圧力をかけた。そのため、国民のほとんどが知らない出来事であった。

二度目に行われた報復について聞いたリンチェイの顔色は、やや蒼白になっていた。耳を疑うほど大規模な報復であった。

「いくら状況証拠が揃っていても、事態がどれほど明白であっても、物的証拠や確かな証人による証言がなくては事実を立証できないのが法社会だ。だから、ハガーは恥を忍び、感情を捨てて、オレのところに懇願しに来たんだ。ボスに会わせて欲しいと。一〇億ドル用意したから、これで手打ちにして欲しいとな」

「バカな……（そっ、そんなことをした奴を野放しに）いや、それほどの反撃をされるなら、手が出せないか……」

リンチェイはめまいを覚えた。当事者のみならず、その家族や親族、偶然に居合わせた者までまとめて殺すなど正気の沙汰ではない。それに比べれば、他の極道組織が穏健に見えてしまう。

「あのまま行けば、あと二〇〇人くらいは死んでた。防ぐ手段なんてない。白昼堂々とマシンガンをぶっ放し、必要以上に強力な爆弾を使うんだからな。見せしめさ。通りすがりの市民までも巻き込むことで、暗に示す。俺に手を出すな、と。無差別テロのようなやり方を訓練度の高い側近の監督下で行われたら、ＳＷＡＴどころか軍隊でも守れやしないさ」

「………」

リンチェイは、もはや何も言えなかった。これほどの大事件が発生していたなら、自力で調べられたはずであった。また、リンチェイの上司が伝えなかったのは、もともと任務に重要性がなかったのと、差し迫った状況により、伝えたつもりになってしまっていたのだ。グリフォンが教えなかったのは、友としての情であることは明白であった。血の掟があるから、いずれ裏切るであろう自分を正式な組員にしなかったのだ。いずれにせよ、潜入捜査の任を帯びていながら、組織の過去を調べなかったリンチェイ自身が悪い。

この事件をジャーナリストの誰ひとりとして追及しないのは、グリフォンの存在があるからだ。それでも、骨のあるジャーナリストは組織を弾劾し、ボスに罪の報いを受けさせたい。しかし、そうなると、彼の存在が大きな壁になる。彼は国際的スーパースターであり、自ら組織に入り、多大な貢献をしている。組織を弾劾すれば、彼を敵に回すことになる。当初は、彼に対する遠慮と、その影響力に敗色が濃厚であったため、骨のあるジャーナリストたちは沈黙を保った。現在では、三つの市のためにある組織を創りあげ、組織全体を見ても合法的な経営に移行されつつあり、骨のあるジャーナリストもボスを弾劾することをやめたのだった。

「そして、事情を知らない奴らが大金を横領したってことで、警察組織はハガーを懲戒免職にしたうえに刑務所（ムショ）に送りやがった。あとで助けてやったけどな」

グリフォンは吐き捨てるように言い、リンチェイは無言で考え込んだ。

……これじゃあ、また大虐殺が繰り返されるだけだ。しかも、こいつの組織がハンパない利益を献上している以上、もはや金銭での解決は不可能だろう……調べなかった俺にも責任があるが、本部は何の教訓も得ていないのか？　グリーの協力は別にして、潜入捜査官（俺）に情報を制限した時点で失敗の芽が出たと言える。そんな報復を行う輩なら、逃げるために街中で銃撃戦をする。あの場所なら戦闘になっても、市民に犠牲はまず出ない。だから、抵抗する気が失せるほどの警官隊で、何としても包囲すればよかったんだ…

そうしていれば、ボスに逃げられたとしても、側近の何人かは捕らえられたはずだ。結局、こんな結果にするのが現場を知らない、えせエリートのすることだ……

　リンチェイが憤慨していることを表情からグリフォンは察したが、彼は話をすすめた。

「ボスは警察（イヌ）が入り込むのを異常に嫌っている。二度目の裏切りが発覚してできた暗黙のルールが、ブラッディズムだ。それは、裏切り者と裏切られた者の家族と親族、それと関係者の家族と親族を無関係の者を巻き込んで殺すというものだ。だから息子に手を出されたときには、文字通りの大虐殺がはじまった。こっち側は息子だけにとどまったが、地方の警察署など、ボスは完全に潰すつもりだった。あのときだから、たった一〇億ドル程度で済んだがな」

　語尾は皮肉な口調に変わっていた。今回はグリフォン自身も、金銭で解決できないと解っているのだ。そう、彼が年間に生み出す金額は、昨年から急増し、もはや財ではなく、中程度の国の国家予算。その利益の単位は兆を超え、現在の上納金は八〇〇億ドル。不必要な大金を得ているのだから、今回の件は金銭では解決できない。また、先ほど彼が言ったＦＢＩが犯した致命的なミスが何なのか気になるが、これからボスが起こす報復に比べれば、取るに足らないことにリンチェイには思えた。しかし、現状は、安易に天秤にかけて測れる状況ではなくなっていた。

「お前と出会ったのは偶然とは思えねえ。お前の瞳がアイツに似ているとわかったとき、オレは運命というものを感じたよ。お前が裏切ってくれることを期待していたから、オレは、お前に傍にいて欲しかったんだ」

「………」

「……いつかはボスを倒したいと思っていた。いや、願いさ。お前が無鉄砲じゃなきゃ、踏ん切りがつかなかった。だから、これはオレたちの裏切りだ」

リンチェイは、改めて組織の強大さを知った。母国の名将たちを想起させるグリフォンが、ボスを倒すことを願いだと、自分が勝手な行動を起こさなければ踏ん切りがつかなかったという。ボスの防衛体制に、彼は自分の力が及ばないと思っているのだと、リンチェイは勘違いした。それもあるが、彼にとっての問題は別にあった。それは、ボスと直に接したことがない者には解らないものであった。

漠然としたものだが、成功者であるグリフォンも理解している。何年間もボスをどうしようかと考えていれば、個人の意思や努力では、世の中にはどうにもならないことがあると嫌でも気づく。それでも、確固たる信念を持つ彼は、自分を偽って人生に価値を失うことをよしとしない。そして、自分のために市民を利用した彼は、たとえ命を失おうと、その責任を果たさなければならない。そのことを自覚して決断しても、月日の流れは無情であり、彼から感情を奪ってきた。家族や身近な存在、街に対する責任が彼に理性を保たせていたが、心が蝕まれることは避けられない。リンチェイとの出逢いは彼に死を強く意識させたが、希望の曙光でもあった。リンチェイと親しくなるほどに彼は感情を取り戻した。リンチェイの存在は彼の心を救った。心身の健全さは、人が生きるうえで幸福なことだ。

「それと、お前は大きな勘違いをしている。オレが裏切っても、オレの組織はついてこねえ。アインやジュード、街はついてくるだろうが、オレが許さねえ。裏切りの道は死への道だ。死力を尽くし、身を削って、命を感じるほどの死線に何度も直面して、それでも生き残れるかどうかは神が決める。そんな道に、お前以外、誰を巻き込むって言うんだよ。オレにはできねえ」

リンチェイは、何やら思いつめている。グリフォンは何も言わず、リンチェイが口を開くのを待った。

「グリー、一旦、支局に戻りたい」

「あ？」

「みんなに危険が迫っている。知らせないと」

グリフォンはあきれた表情をして、口を開く前にわずかな沈黙を先立たせた。今回の件に関わったＦＢＩ捜査官で大虐殺を知らない者はいない。その上で、ボスを逃した結果を予測できない楽観的な者など誰もいない。

「お前は……みんな理解してるし、あきらめてるよ」

「そんなことはない…はずだ。まだ逃げられるかもしれない」

そういうリンチェイは今にも泣きだしそうな子供のようであり、まったく言葉に自信がなかった。

「だったら、わかるように説明してやる。国内なら国民のほとんどが協力してくれるオレのほうが捜査力はあるだろう。だけど、ボスが動かせるのはすべての機関だ。そして、国内でテロが起きていようとボスの政府への要請は、最優先事項と同等の扱いがされる。たとえそれが、無関係の国民を犠牲にすることになってもだ」

リンチェイは黙ってしまったが、支局に戻りたい気持ちに変わりはないようだ。

「できることがあるとすれば、オレがやったように、完璧に死を偽装することだ。つまり、そんなことは簡単にはできねえから、全員が犠牲になる前に、オレたちでボスを倒すしかねえんだよ」

グリフォンの説明を聞くうちに、リンチェイは同僚たちへの心配が強まり、支局へ戻る決意を固めていた。

「悪いが戻る。知っていたなら、何か対策を講じているかもしれない」

「チッ、勝手にしろ。ただし、その前にオレを降ろしてからだ」

グリフォンは、リンチェイと別行動をとることにした。ボスの報復に抵抗が無駄だと思い知るまでは、何を言っても聞かないだろう。百聞は一見にしかず。ボスが起こす常軌を逸した制裁により、無関係の者たちを巻き込んで仲間を殺され、リンチェイ自身も命を狙われなければ、愚直なリンチェイが、自分の意見に耳を傾けてはくれない。

ボスにひとりで立ち向かっても勝てない。かといって、対抗し得る人数がいては戦争になる。表に出ないボスを最低限の戦力で倒す方法は、アジトを強襲することだ。それにはまず、アジトの場所を掴まなければならなかった。

Ⅲ

ニューヨーク市内にある高校の門に爆音を轟かせて、一台のスポーツカーが止まった。授業中であるため、生徒や教師の注意をひくことはなかった。金髪の青年を降ろすと、再び爆音を轟かせて走り去った。その光景を哀しげな表情で金髪の青年は見送った後、校内に入り、保健室に向かった。教室のざわめきを聞き流し、金髪の青年は誰もいない廊下を進んだ。保健室と名札がついている部屋を見つけると、金髪の青年はためらうことなくドアを開けた。

保健室は、入口の脇にデスクがひとつ、奥にはベッドがふたつ並んでいた。

「誰？　今は授業中でしょ？」

デスクで書類を整理していた女医は、入室してきた人物が授業をサボってきた生徒だと思い、書類に目をとおしたまま、顔をあげなかった。年齢は四〇くらいだろうか。やや面長で眉目が整っており、瞳にはやさしい光が溢れている。

「先生、ご無沙汰してます」

「まあ！　グリー。訪ねてくれるなんて、嬉しいわ！」

まるで恋人に会ったときのように、女医の表情がかがやいた。

「もう、あなたは生徒じゃないから、エリーでいいわ。それより、具合、悪そうね。どうかしたの？」

グリフォンの顔色が悪いのは、仮死状態にする薬が原因だが、事実を話すつもりはなかった。病院や自分の街で診察を受ければ、自分の生存がボスに知られてしまう可能性が高い。高校時代の恩師を頼ることにしたのだった。

「胸骨を二本ね。ヒビが入ってます。病院には行けないので痛み止めをもらいに来ました」

「相変わらず、ムチャしてるのね。きちんとハマってるの？」

「はい。連れがいたんですけど、彼にハメてもらいましたから」

「一応診るから、ベッドに座って服を脱いで」

上半身裸になった彼を見たエリーは、しばらく無言だった。それは、格闘家のように鍛えあげられた強靭な肉体に見惚れたのではなかった。

「……傷が増えたわね。銃創に…刀傷かしら？　こんなんじゃ、命がいくつあっても足りないじゃない」

「これぐらい当然です。僕は、街から敬意を払われています。街に住むすべての人からね」

「そう、ね。しかし、大きくなったわ。警察官になろうとしていたあなたが、卒業間際に極道になるって言い出してきかなかったときは、とても心配だったけど、杞憂だったわね。あれから一〇年…いえ、五年かしら。世界一の街を造るなんて誰にもできないわ」

都市開発にかかった年月は一〇年で間違いないが、公になったのは五年前である。

「アイツのおかげですよ。アイツがいたから誰とでもケンカできたし、何より今がある。僕が今こうしていられるのは、全部、アイツがいたからです。アイツがいなかったら、とっくに死んでたかも。生きていられたとしても、今ほどの満足感は得られないと思います」

「今のあなたを見れば、レオがあなたにとってどれほど大きい存在だったか、よく解るわ。あなたが極道になったことも」

エリーの言葉に、わずかに彼の表情が曇った。

「まだレオのことを懐(おも)っているのね」

「ええ、まあ」

彼の返答は、明らかに答えを濁していた。

「忘れるのは無理よね。でも、あなたは前向きに生きてる」

「……正直、肩で風を切っていたいという傲慢さは隠せなくてね。警官では満足できなかったでしょう。アイツに、人に愛される極道になれと言われたとき、アイツが天の使いに見えましたよ」

「そうね。闘うことと人を守ることを生きがいとするあなたには、極道が合っているわね。人に愛される極道かぁ…スケールの大きい子だとはわかっていたけど、ここまで成長するなんて。あなたが生徒だったこと、私の誇りよ」

エリーは、母性の溢れるやさしい微笑を浮かべていた。


グリフォンが治療を終えたころ、FBI・NY支局。そのオフィスビル一〇階で、リンチェイは上司と会っていた。リンチェイの上司は、五〇代前半、フレームの薄い知的なメガネの似合うデスクワーク型の人間であった。上司は今にも殴りかかる勢いで、開口一番、リンチェイを怒鳴りつけた。

「貴様！　勝手に飛び出して作戦を台無しにしたあげく、連絡もせずに今までどうしていた！」

「それは……」

グリフォンの命より、ボスの捕獲が優先されるため、事情を話すことはできなかった。リンチェイは、強引に話をそらした。

「それより、追っていたチームはどうなりましたか？」

それを聞いた上司は、苦虫を噛み潰したような表情をした。

「お前が油を売ってる間に全滅したよ。ボスの部下(ゴミども)たちに街中で銃撃戦をさせられてな。

それも、二〇人ほど市民に死傷者を出して。ＦＢＩの面目は丸つぶれだ」

「……これから、どうしましょうか？」

リンチェイの言葉に、上司はふたたび激怒しかけたが、三度目の潜入捜査の結果を話してなかったことに気づき、怒りをおさめた。

「お前は知らなかったな。失敗した以上、我々も死ぬことになる。あのボスに噛みついて生きていられたのは、ハガー署長くらいだ」

皮肉な口調で話す、この上司もまた、裏の事情を知らない。ハガー署長がどんな思いで手打ちをしたのか。なぜ今もＭ’ＳＰＤの署長でいられるのかを。

……こんな奴が！　こんな奴等が法の番人だから！　お前らは自分を善人だと思っているが違う！　法律を公的に守っているだけの悪人だ！　立場が違うだけで犯罪者と精神は同じだ！　腐った人間がのさばれるのは、法がおかしいからか？　グリー、俺は…法に裏切られた気がする……！

警官、弁護士、政治家などに悪徳と呼ばれる者がいる。罪を犯していても、確かな証拠と証言がなければ、法で裁くことができない。善と悪、それは人から敬われる職業に就いていることとは関係なく、その人の本質である。

この上司に、リンチェイの心情を察することなどできない。相手に沈黙されたままでは何も進まないので、上司はリンチェイに質問した。

「ところでギャングスターはどうした。まだ生きているのか？」

「……どういう意味ですか？　彼が生きていたら、どうなるのですか？」

リンチェイは不器用で、正直な男だ。こういうとき、うまく嘘をつけない。嘘をついたとしても、相手にバレてしまう。

「その様子だと、今まで一緒だったな。だったら、私たちの命も助かるかもしれない。奴は、今どこにいる？」

上司の思惑を察したリンチェイは、めまいを覚えて体をグラつかせた。

「どうした、大丈夫か？」

「大丈夫です。彼をボスに売るんですか？」

「そうだ。そうすれば、ひき換えに我々の命は助かる」

「………」

「何を躊躇う。奴も極道だ。所詮は、悪だ。奴の場合、警察組織を取り込んで法を犯しているんだ。裁かれれば死刑になる奴だ。さあ、居場所を言え」

「……言えません。それに、あのボスが取引に応じるとは思えません」

「命が懸かっているんだぞ。やれることをやるんだ！　死んで当然の男の命など気にするな！」

性根の腐った上司の度重なる法の番人らしからぬ発言に、ついにリンチェイは怒りを抑えられなくなった。

「さっきから聞いていれば、知った風に人を嘲って……ふざけるな！」

躊躇いはあっても、自分の信じていた正義と組織を否定するような思考を持つ上司を、リンチェイは許せなかった。グリフォンの友情に報いるのが遅くなり過ぎたことを後悔しているリンチェイは手加減できず、上司を殴り飛ばした。

「その署長はな、まだ報復されていない人々のために心を殺して立ちあがったんだ。自分のためじゃない！　今でも署長なのは、その精神を買われて、グリーが戻したんだ。それにグリーがやってることは否定できない。正義があるからだ。お前は法に触れないだけで、心は悪党だろ！」

「貴様、血迷ったのか？」

口元の血を拭いながら、上司は震える声を発した。リンチェイが優しい為人であることはわかっているが、同時に中国拳法の達人であることも上司は知っており、凄まれれば、どうしても怯んでしまう。

「どうせ死ぬなら、殴りたい奴は殴る！　取引したいなら、勝手にしろ。明朝、ここへ連れてきてやる」

口に出してはそう言ったが、リンチェイはバッジや銃を返す気はなかった。バッジを返す行為は、今までの自分を否定する気がした。それに、今後、バッジの効果が必要になることがあるかもしれない。

リンチェイは取引に合意しても、本意ではなかった。自分やこの上司がどうなっても構わないが、まだ生きている同僚やその家族、親族は守りたかった。しかし、取引が成立するとは到底思えない。あの状況で生存を信じるだろうか。仮に信じたとしても、グリフォンの存在が脅威でも、所詮はひとりだ。これから何百人も殺そうとしている人間が、たったひとりとひき換えに報復を止めるだろうか。そして、彼が言っていた、我々が犯した致命的なミスが何であるか、リンチェイは戦慄とともに悟った。現状で取引できる条件は、彼ではなく、あれしかない。相手は、どの極道組織よりも我を押しとおしてきた。取引には応じず、もし彼が生きているなら抹殺し、報復もするとリンチェイは確信した。

ときどき、エリーと話しながら、グリフォンはベッドで休んでいた。まだ仮死状態にする薬の影響が抜けきれず、体調がすぐれない。

グリフォンは、緊急時に護衛を頼んでいる人物に連絡し、リンチェイに張りつくように厳命した。国外で任務中だが、部下に任せて急行すると言っていた。その護衛はスナイプ（本名ではない）といい、軍の要人であり、民間機と軍用機どちらもチャーターが可能で、入国はフリーパスだ。今日中には入国できるだろう。

自分には、特別なスナイパーをつけてくれると言っていた。自分の師で、狙撃だけでなく様々な武器に精通し、格闘術にも長けているから信頼していいと言っていたが、彼は会ったこともない相手を信用する気にはなれなかった。第一、スナイプは世界でも指折りの技術を持っており、その身近に同等以上の使い手がいるとは信じ難く、師であるからよく言っているのかもしれない。また、スナイプとは信頼関係が出来あがっていて、お墨付きと言われても、スナイプほどに信頼を置けるものではなかった。

Ⅳ

翌朝、グリフォンとリンチェイはＦＢＩのニューヨーク支局を張り込んでいた。おそらく今日中に襲撃があるはずであった。遅くとも明日にはある。国民データの洗い出しなら、ボスの捜査力はグリフォン以上にある。昨日のうちに関係者をすべて洗い出したはずだ。そして、ここが最初のターゲットになる。ボスは家族や親族より、当事者を殺すことを優先する。無論、当事者たちがオフィスに残っていると思っていないが、これは宣戦布告を兼ねているのだ。

リンチェイが張り込みに異論を唱えないことに、グリフォンは疑問を感じていたが、何も言わなかった。リンチェイが自分を売る算段を上司としていたなど、彼はまったく予測していなかった。

ふたりはフェラーリに乗って張り込みをしていた。赤いスーパースポーツカー、それもフェラーリともなれば目立つが、グリフォンには国産車のイメージが定着している。現在は極道カラーの強い大蛇だが、いずれにせよ、自身のイメージにはそぐわない目立つ点だけを利用し、カムフラージュしたのだ。

グリフォンの見込み通り、一〇階オフィスが爆音とともに崩れ、ＦＢＩのビルは見事に一階分低くなってしまった。

「さて、周囲に異常はないが、必ず誰か来ているはず……」

実行犯は傭兵や素人だが、必ずボスの側近が監視している。その側近を捕縛しに来たのだ。

「……!?」

いくら目立つとはいえ、コルベットでもなければバイパーでもない。国産の量産型スーパースポーツカーには乗っておらず、死を完璧に偽装したにも関わらず、側近が先に自分を発見するとは、グリフォンには、まさに青天の霹靂であった。

「ウソだろ！　こんなに早くバレるのかよ」

オフィスから出てきた実行部隊が近づくのを、グリフォンはルームミラーで確認する。側近の姿が見えないことから確認のためだろうが、発見されたのと同じだ。しかし、彼が憤る理由は、死の偽装が何もしないうちに発覚することであった。

「……すまない」

ぼそりとリンチェイは言った。グリフォンはリンチェイを睨むが、その言葉の意味を問いただすより、彼は迎撃を優先した。

「――！　伏せてろ！」

グリフォンは正面を向いたままだったが、視界の左片隅、デパートの柱の陰にいる人物が側近であると判別した。彼の判断力は凄まじい。あらかじめ周囲の状況を把握しておき、その身を窓よりも低くしてエンジンをスタートさせた。そして、車を発進させると同時に左側に向けてドア越しに威嚇射撃する。車体の軽量化のため、炭素繊維強化プラスチック（CFRP）で仕上げられたフェラーリのドアは銃弾を容易にとおす。

「……………！」

リンチェイには信じられないグリフォンの行動だった。周囲が見えていない車の動きではなかった。急加速しながら歩行者をかわすが、そこまでだった。左のタイヤに大きな傷を負わせられたのだ。実行部隊からマシンガンを奪った側近が、左後輪を集中砲火したのだ。ランフラットタイヤでも何発もの銃弾を受ければ、まともに走行できなくなる。急スピンする車体をコントロールしきれず、反対車線を横切り細い路地に入り込んでしまった。その周囲では、彼の車を避ける必要もないのに、ハンドルを切った車が衝突していた。

アクセルを踏み込んで逃げなければならない状況で、パワーのあり過ぎるフェラーリをタイヤに大きな傷を負った状態では自在に操れない。ふたりは徒歩にならざるを得なかった。車の陰から進入方向を確認すると、事故の混乱に乗じ、実行部隊が強引に車道を渡って来るのが見えた。

リンチェイの眼前で左右に展開する実行部隊は七人、後方に何人かが見える。そして、前方で展開する部隊は銃を構え、最初の銃撃で一〇人の市民が倒れた。これが組織と戦うということなのだ。リンチェイの身に戦慄が走る。今、反撃すれば数人は斃せる。だが、通りにはまだ何十人もの市民が逃げまどっている。戸惑うリンチェイは、実行部隊のふたりが銃弾を受けて頭が吹き飛ぶのを見た。

「……！」

三人目の頭が吹き飛んだとき、リンチェイは右半身に異様な気を感じた。その滲み出るようにひろがる独特の気は負に属するものであり、それはグリフォンから発せられていた。ロシアンマフィアのときとは違う、はじめて見る彼。この姿こそが、彼の本性なのだ。応戦しなくても、敵は市民を巻き込む。それが現実でも、リンチェイは逡巡した。彼は、この際むしろ、逃げまどっている市民を肉の壁として利用しているかのようだ。

「邪魔だよ、リンチェイ」

怒鳴ったグリフォンは、リンチェイを後方へ押しやった。

「さっさと逃げろ！　オレにはスナイプがついてる」

思うところはあるが、ここはグリフォンに従うことにし、リンチェイは猛然と走り出した。

グリフォンの射撃が正確で破壊力のある銃であることに、実行部隊は恐れをなした。実行部隊の銃撃が止むと、一帯を奇妙な静寂が包んだ。隔離された空間のように、周辺の生活音が響き渡る。その空白を彼は逃さなかった。

グリフォンは破壊力のあるマグナムを使用しているため、側近の射程距離とほぼ同等である。現時点で発見されたことは不運だとしても、この戦闘において、彼に運があった。側近たちは彼を間合いに入れながら銃を構えていなかった。三〇ｍの遠間である。決して、彼の能力を侮っていたわけではない。むしろ、その逆で、これだけ距離があれば、銃口の動きで彼なら弾丸を躱すと思ったのだ。

重く鈍い音が響き、ひとりの側近の胸に穴が空いた。声が出せず、かわりに大量の血を吐き出して、撃たれた側近は絶命した。側近たちはわずかな隙を突かれた。三〇ｍもの遠間で点を狙うことはグリフォンには無理だが、面なら可能であり、胴体になら命中させることができる。大口径のマグナムなら、胴体部に当てれば致命傷になる。

残ったふたりの側近が身を隠すと同時に、グリフォンは逃げ出す。これ以上、ここで戦えば状況が不利になる。しかし、これは彼の仕掛ける罠でもあった。全力で駆ける彼の頭上で甲高い音が谺（こだま）した。

……一発だけか…あとひとりだな……

スナイプが側近のひとりを倒したことを知覚した。しかし、これで万策尽きた。残った側近はもう、ライフルのスコープには映らないし、スナイプはリンチェイの護衛につく。自力で残る側近と実行部隊を倒さなければならない。

グリフォンとリンチェイ、この場合、グリフォンを殺すことを側近は優先する。ボスがいればそう指示することは疑いようもなく、彼の抹殺に全力を注いで失敗しても咎められることはないであろう。彼の存在は、組織にとって未知数の脅威なのだ。

グリフォンは、すぐ左の路地へ入った。彼は、ニューヨークの地理に疎い。戦いやすい場所に出るまで全力で走ることにした。陸上選手も驚くほどの快足で、実行部隊は背後から狙うどころではなく、全力で走らなければ見失ってしまう。とにかく、戦える場所に出るまでは、銃を使わせないことが肝要であった。

数分ほど走ると、人気のない場所に出た。

……このあたりなら、いいか……

グリフォンが人気のない場所を選んだのは、敵に肉の壁を使わせないためである。まして、市民を人質に取られているところを他の市民に見られてしまえば、身動きがとれなくなってしまう。

物陰に隠れ、路地に入ってきたところを狙い撃ち、実行部隊をふたり殺したとき、彼は違和感を覚えた。

……雑魚どもをバラバラにするのはいいが、側近（自分）がついてなきゃ、各個撃破されるだけなのに、なぜ？

物陰から出て、死体を確認した瞬間だった。

「――！　しまった！」

実行部隊はカメラを身に着けていた。ヘッドセットと一体化した小型のものであるため、遠目ではわからなかったのだ。側近がＦＢＩのビルに入らなくても、作戦を遂行するためであるが、この場合、グリフォンの追跡に役立つ。

危険を感じたグリフォンが周囲を見回すと、残ったふたりの実行部隊がマシンガンを構えていた。瞬時に動いた彼の判断力は、歴戦を物語っていた。状況の分析、分析した状況の判断、いずれも瞬間的なものであり、彼の凄みは、姿を見せていない側近を判断対象から除外する度胸にあった。

グリフォンは死体を盾にして、実行部隊を斃した。優位を確信した彼らがマシンガンを撃つ暇もないほどの迅速さであった。その彼の顔から表情が消え、周囲を見回しつつ、ヘッドセットで電話をかけた。

「スナイプ、オレはここまでだろう。お前には頼みごとばかりで、金でしか報いてやれなかった。これから頼むことは、お前に命を懸けさせることだと解っている。だが、オレは死んでも、友を放っておくことはしたくねえ」

「お前…何を？」

「側近の中にアラブ系のスナイパーがいる。これ以上の情報は、出遭えばわかるとしか言えない。アラブ系の奴を探せ。お前や普通のとは違うタイプのスナイパーだから、見つけるのは難しくないはずだ。そいつからならボスの居場所を聞き出せるだろう」

「おい！　あきらめるな。お前にも護衛はついてる。彼は――」

スナイプの言葉を気休めと思ったのか、グリフォンはさえぎった。

「オレたちの意志をついで、ボスを倒してくれ。お願いだ、スナイプ。それから、ありがとう」

「グリフォン！　護衛はお前の……！」

　返答を聞かず、グリフォンは通話を切った。護衛が誰かなど知っても、今さら状況は変わらない。彼は深呼吸して精神を整えると、来た道へひき返した。路地に入る手前で寂れたアパートの壁を駆けあがる。二階近くまであがると雨水の伝うパイプに手をかけた。

　側近は、グリフォンが路地に入って来るのを待ち構えていた。しかし、わずかに来るのが遅いと感じ、側近は顔と銃を上方に向けた。その瞬間、側近は銀色に輝く物体が視界に入り、それに気をとられて彼へ銃口を向けるのが遅れた。

　決定的なチャンスをグリフォンも逃した。パイプを掴んで体を急停止させたとき、筋肉が胸骨を強烈に締めつけた。その瞬間、激痛が走り、マグナムを取り落としてしまった。痛み止めは効いているが、全力疾走により、亀裂が拡大し、砕けた胸骨の破片が肉に食い込み、症状の悪化で薬の効果がなくなってしまったのだ。しかし、側近は他に気をとられているようで、互いに勝機を見送る形になった。

　壁を蹴って勢いをつけたグリフォンは、側近の顔を狙って膝を落とした。９㎜の弾丸では傷を負わせることはできても、そのまま膝を落とされ、頸骨を砕かれると判断した側近は身を退いて躱した。彼は腕をひろげ、拳を側近の顔に当てる。ダメージはないが側近をよろめかせた。間髪入れず、彼は左手で銃を抑え、手首に膝を当て、側近に銃を落とさせた。

　グリフォンはラッシュをかけた。かつてリンチェイを制裁したときのような怒涛の攻撃に見えたが、側近を後退させることすらできなかった。側近のガードを崩せないと判断したのか、彼はバックステップで間合いを空けた。

「お前、故障してるな……胸骨か。そんな形(なり)だ、衝撃まで和らげるような防弾性のものは着れない。貫通だけを防ぐために、ワイシャツとインナー、防弾性のものを二重に着てたか」

　この側近は、車内だったが、グリフォンがボスに撃たれる現場にいた。彼が生きていた謎が解けて得心したようだ。しかし、彼は何も言わず、瞳をギラつかせ、殺意で心を塗りつぶしていく。

「お前は権力面でナンバー2、側近においてもナンバー2になれると聞いた。ボクシング(パンチ)、キックボクシング(キック)ともミドル級のその体でヘビー級チャンプになれるってな。組織内の話だ、事実だろう。お前が故障していてラッキーだ。俺じゃ、お前にケンカじゃ勝てねえからな」

「………」

　無言を返すグリフォンに、今度は側近がラッシュをかけた。彼は躱したり、いなしたりと直撃を避けていたが、そのたびに胸骨の痛みが増していく。

……ヤベェ。長引くだけで、オレは終わりだ……

そう思ったとき、対応が遅れ、グリフォンは無理な体勢で側近の攻撃を躱していた。

「……グッ！」

小さく呻いて動きを止めたグリフォンに、側近は力を込めてミドルキックをみまう。彼は膝を曲げて上体をそらし、空を蹴らせつつ、側近の足を取って転がした。正確にはドラゴンスクリューに似た当身技を極めきれなかった。

「敵に回すと恐ろしいぜ。まったく、何がディフェンスはたいしたことない、だと？　骨折しても速いフットワーク、間合いの取り方、ショルダーブロック、今の上体反らし（スウェーバック）。どれも世界レベルじゃねえか」

「………」

瞳をギラつかせるだけで、グリフォンは何も言わない。素人でもわかるほどの殺意が彼の貌（かお）に現れ、常人なら気後れするほどの鋭い眼光で側近を見据え続けている。

……長引くと不利なのは俺のほうかも。ケガをかばってウィービングやダッキングを使われないうちに決めた方がいいな。それに、こいつが現れたとき、路面に銃弾が跳ねた気がする…気のせいかもしれないが、第三者がいるなら……

わずかに拳を交えただけで、側近はグリフォンとの実力差を感じていた。痛みを我慢し、死ぬよりはケガがひどくなるほうがましだと彼が思えば、いつでも自分を上回ることができるのだ。その判断に至る前に、側近は彼を確実に倒す方法を考えた。

側近の瞳を見て、グリフォンは精神的に側近が後退したことを悟った。ふたりとも一点に視線を向けずに闘う訓練を積んでいる。そして、一瞬だが、側近の視線がさがるのを、彼は見逃さなかった。どちらの銃でもいい、側近はそれを拾うことを考えている。このために、彼は無言で威圧していたのだ。強者とは獣同然、落とした銃を拾って優位に立とうなど甘い。精神的後退が無意識でも、押せば必ず退く。あとは、前に出て勝機を掴むだけだ。

側近はじりじりと動いた。防御態勢をとりつつ、グリフォンも側近が銃を取りやすいように動いた。そして、側近がマグナムまであと一歩、彼が数メートルの距離になったときである。側近は、小さく、だが素早く脚を動かし、銃の端を踏みつけた。銃が跳ねあがると同時に、彼は猛然と前に出た。

「……（躱される）！」

側近の目からグリフォンは、フックを躱す準備ができていることを悟った。あごの先端をかすめて下半身の機能を一〇秒ほど奪うつもりだったが、彼は殴るのを止めて踏み込み(スライド)を大きくした。側近が銃を手にしたとき、彼に胸ぐらを掴まれていた。彼は全身で伸びあがり、側近の体をひきあげた。

……これを耐えれば、俺の――

グリフォンの頭突きは、側近の意識までも砕いた。シャツがちぎれ、パックリと割れるように側近の額が裂け、その体は路面に叩きつけられた。凄まじい、彼の頭突きの破壊力であった。

マグナムを拾ったグリフォンは、側近の腹を踏みつけ、思い切りねじった。側近は呻き声をあげ、目を覚ました。

「おい、一応、訊いてやる。生きていたいか？」

「……俺には家族がいる」

「だから訊いてる。どうせ死ぬなら、オレに賭けろ」

「…………」

側近は無言でグリフォンを見あげた。側近の瞳から明確な意思を、彼は感じた。

「……そうか、残念だな」

そう言ったグリフォンだが、その声音は暗く、より残念なのはどちらであったろう。側近の頭を彼は無情に撃ち砕いた。飛び散った血と脳漿が、彼の靴にかかる。

「こいつは最初から何かを気にしていた。銃弾の風切音は空耳じゃなかったか」

そう言って、グリフォンはアパートの屋上を見あげた。

V

グリフォンを助けたスナイパーは、銃器の手入れをしており、彼を待っていたようである。軍服に似た制服を身に着け、長身で逞しい。

「おい。助けられはしたが、あれは援護にもならねえ。オレの力を知りたかったのか？」

「ごあいさつだな。ひさしぶり…と言いたいが、お前は憶えていないか」

男は返答したが、銃器の手入れをしたまま、グリフォンを見ようとしない。

「あ？」

「成長したな」

その言葉で、相手が誰か悟ったグリフォンの表情が険しくなった。

「テメエ…！　生きてたのか」

男は、グリフォンの父、ダンテであった。軍服のような服装の割には妙にサラッとしており、四〇代前半に見える。どうやら、彼の優男ぶりは遺伝のようだ。息子の名前に幻獣の名をつけ、発音にこだわる性格が見てとれる。

「当時、ヤバい連中とヤリあってな。死んだことにした」

「……母さんは知っているのかよ」

「ああ、年に一度は会っているが、お前とは引退するまで会うつもりはなかった。だが、今のお前には、俺の助けが必要だ。だから来た」

一〇年以上も自分の目を盗んできたことに、グリフォンは少し驚いたが、怒らなかった。生存を隠しておいて、捜されもせずにバレるようなら、今後、役に立たない。

「お呼びじゃねえと言いたいが、アンタで良かったぜ」

ダンテは、息子が見せた表情に驚きと戦慄を隠せなかった。正確には表情はない。しかし、その無表情にこそ、真実がある。息子が敵に回した組織の恐ろしさ、強大さが窺える。そして、三〇歳を前にして自分を超えていることに、五〇歳を過ぎた父は気づいた。こんな顔をしたことなど、自分はない。これからもできないだろう。息子は、死を超越したものを掴んでいるのだろうか。息子は未成年のころから修羅場を経験し、極道となり、自分よりも多く死を身近に感じてきたことだろう。しかし、老いて天命を意識する年齢ならともかく、息子は若すぎる。

……いや、まさかな。俺を超えても、人が死を超えられるとは思えん…それに、この顔は、極道だからできるわけじゃない…俺は恐ろしい。エリン、お前はわかっているのか。かなり長い間、息子は死を覚悟して生きているぞ……

内心で妻に呼びかけるほど父は恐くなり、今この場で、無表情に隠された真実を知る勇気を持てなかった。

ふと黙ってしまった父の瞳には憂いがあり、グリフォンは温もりを感じた。傍にいなくても、ずっと父は自分を想っていたのだと、彼は知覚した。

「じゃあ、地獄へ行こうか、オヤジ」

父が生きていたことで、グリフォンは背中を押される思いだった。リンチェイとなら歩めると思っていたが、間違いだった。共に戦う以外にないが、今度も自分だけが生き残ったら、もはや立ち直れないことを彼は自覚している。だが、父が助けてくれるなら、いばらの道を行ける。彼は、ずっと考えていた。裏切れないと感じつつも、どうすればボスに辿り着けるか考えていた。その答えは、今ならばわかる。裏切りも、ボスへの道も同じ。死を覚悟して己のすべてを懸けなければ、ボスに辿り着くことはできない。いばらの道を行き、踏破できた者だけがボスの前に立てると、今、彼は確信していた。

そこへ、リンチェイとスナイプがやってきた。

「グリー、すまない。言い出せなくて…俺はまた、お前を危険な目に遭わせてしまった。結局、俺は…誰も守れなかった」

リンチェイは、すべてを語らなかった。グリフォンをボスに売っただけでなく、ＦＢＩを辞める決心をしたことを。しかし、彼はいつまでも怒っていなかった。

「もういい。どうせ、うまくいかなかったさ」

いつもと変わらないグリフォンに、リンチェイは二度も許されたことを知覚した。極道も堅気もない彼の信念、どこまでも仁義を貫く姿勢に、リンチェイの瞳から涙が溢れた。

「おいおい、何、泣いてんだよ。勝手に動かれるのはムカつくけど、結局、お前がオレを導いてくれてるんだぜ」

うなだれて涙するリンチェイの肩を、グリフォンは強く抱いた。

「オレたち、兄弟（Buddy）だろ？」

「ああ。やっと、心からお前に応えられるようになったよ。兄弟」

その言葉の意味を、グリフォンは正確に理解した。法による正義を信じる男が、法ではなく心に従って、ＦＢＩより自分を選んだのだ。リンチェイがどれほど心を痛めたのか、仁義を重んじる彼にはよく解った。

「行こうぜ、リンチェイ。オレたちでボスを捕まえるぞ」

ボスを殺すでも、倒すでもない。ボスを捕らえ、法の裁きを受けさせるために闘うことをグリフォンは決意した。彼は、ボスの処断を迷っていた。生粋の極道である彼には、いざ向かい合ってしまえばボスを殺すことしかできない。結局、法社会の中で生きるなら、自分の思いより、事の正否より、法に従うべきではないのかと。

「ああ」

一点の曇りもない笑顔で、リンチェイは応えた。

第五章　His Way of Life affects Peoples' Hearts

彼の生き様は　人の心を感化し　それが彼の運命を左右する

I

窮地を脱したグリフォンたちは、ダンテの隠れ家へ移動した。そこはホテルでも集合住宅でもなく、個人宅でもなかった。

「ほんとにここか？」

グリフォンは愕（おどろ）いた。眼前に黒い大きな門があり、奥にはパレス風の豪奢な建物がある。

「ああ。今の大使とは知り合いだ」

インド大使館であった。無論、ボスなら手を出すが、ここなら当分は身を隠すことが可能だろう。そうこうしているうちに門扉が開き、玄関から大使らしき人物と護衛数名が出てきた。

「ひさしぶりです。ダンテ様」

「大使こそ壮健で何よりだ」

「おかげさまで、こうして生きております。あなた様には返せぬほどの御恩があります」

「あれは仕事だ。それにもう、十分に報いてもらった」

「とりあえず、中へ。グリフォン様にもお会いできて光栄です」

「こいつは俺の息子だ、そんな礼儀はいらない」

「どええええ？」

目を見開いて大使は驚愕し、大きくよろめいて後退すると、ターバンがずり落ちてしまった。


リンチェイ、ダンテ、スナイプが広いダイニングの席に落ち着いたとき、グリフォンは携帯で誰かと話をしていた。その通話が終わったとき、ちょうどメイドがコーヒーを運んできた。最高級キリマンジャロ産の豆を挽いたコーヒーの香りが広がっていく。

「お前の強さは知ってる。そのお前が怖れる側近は、一体どれほどの力がある？」

「側近になるための能力は三つ。ひとつは近接格闘術（CQC）。親父が見たのは弱い奴だが、それでもグリーンベレークラス。常にボスとともにある上位五名はオレと同等以上。あとのふたつは、眼の良さと三〇m先の的にハンドガンでヘッドショットできることだ。まあ実際の射程距離は五〇m近いな」

「なるほど…しかし、それはお前が想定する側近に必要な能力か？」

グリフォンは否定し、ボスの戦闘力と銃の腕も条件を満たしているとつけ加えた。ダンテは自分の見方が甘かったと感じた。一代で成りあがった力は本物であり、マフィアと侮って勝てる相手ではないことを理解した。

「それから、側近としてのスナイパーはCQCやハンドガンの能力はさして必要ないが、ライフルの射程が一km以上必要だ。オヤジたちと同等の奴もいるだろうな」

父親の能力を知っているわけではないが、スナイプが師と仰ぐなら、風を読み切れば一・五km先の標的を撃ち抜けるはずだ。

リンチェイは、グリフォンにスナイプとの関係を訊いた。ボスとの抗争に巻き込むのだから、相応の理由があるはずだ。

「こいつはオヤジの元同僚、現在のCIA副長官の紹介でな。オヤジに助けられた恩をオレに返したいってことだった」

ダンテは、自分は今もCIAに所属していると補足した。

直接会わないことが条件だが、任務中であっても、スナイプは一日以内で護衛についてくれた。他の組織との抗争で何度かバックアップしてもらううちに、彼は安心感を抱いている自分に気づいた。抗争のバックアップを通じて、全幅の信頼を寄せるようになったのだが、それはスナイプの護衛能力だけではない。謙虚さである。彼自身、気づいていないが、スナイプの控えめな態度は、不遜な彼と相性が合うのだ。元来、彼は他人(ひと)の下風に立てるような為人(ひととなり)ではない。彼がボスの下にいるのは、ボスから受ける畏怖とは関係ない。新たに組織を興せば、ボスと戦争することになるからだ。

「そう言えば、お前…若すぎるな。オレより少し上くらいだろう」

スナイプの肌の質感は、グリフォンと変わらず、離れていても五歳くらいだろう。一五年前に死んだはずの父に恩があるというのは、微妙な年齢である。

「あれは、俺が入隊して間もないころのことだ」

イエメンで秘密裏の軍事行動中、スナイプの部隊が反政府軍に追い詰められたが、敵指揮官が狙撃され、攻撃が中断。反政府軍は乱れつつも迅速に後退していった。このとき、CIA工作員たちが反政府軍の主要メンバーを捕えていた。スナイプの部隊は囮であり、犠牲を前提にされた布石であった。それをダンテは見過ごせず、工作の仕事と両立させ、独断で直接、部隊の危機を救ったのである。

「関係ないところで戦闘が収束したんで気になって調べたら、お前の父が救ってくれたことを知った。会えることはないと思っていたんだけどな」

「高圧的に和解させているとき、指揮官を殺害したことで俺は恨みを買った。反政府軍の誰か、狙撃した指揮官の友人か親類、相手はわからなかったが組織だったもので、そのあと何度も襲撃を受けた。最後の任務にさせられたインドでは、かなり追い詰められた。この大使は俺に恩を感じちゃいるが、まっ、お互い様だ」

反政府軍の残党を狩ろうと思ったが、アメリカ政府の立場を危うくする可能性が高いので、ダンテは身を隠すことにした。インドでの一件以来、表向きは教官という立場をダンテはとっているが、アドバイザーとしてCIAに残っている。その詳細を知りたかったが、今は優先すべきことがあり、グリフォンは思いを胸中にとどめた。

「それでネイビーシールズの教官になったんだが、新入生のなかにこいつがいてな」

「高度な訓練を受けたくて、ネイビーシールズをずっと希望していたんだ。いろんな武器に精通し、高度な格闘術を会得したくてな。そうしたら、ダンテさんがいた。俺は、はじめて神に感謝したよ」

スナイプは訓練終了後、ダンテの訓練を受け続けるため、ネイビーシールズには入隊しなかった。暗殺術と工作を学び、数年後、ダンテの後任としてＣＩＡの特別工作員となった。

「昔、お前に理由を聞かれたとき、ダンテさんは生存を秘密にしているから、そう言えば追及されないと思った。ただ、大きな恩があるといったのは嘘じゃない。命を救われたし、高度な技術を身につけられた。お前に尽くしているのは、恩よりも尊敬だよ」

真摯に説明するスナイプを一瞥したダンテは、やさしい微笑を浮かべていた。

「いい奴だろ。だから、マフィアの道を行く、お前を見守らせるために教え込んだんだ」

グリフォンの携帯が鳴り、会話は中断された。ニューヨーク（NYPD）警察署の署長からの電話であった。彼が話しているとダンテの携帯も鳴った。ダンテが着信画面を確認すると、登録されていない番号からだった。警戒する必要がダンテにはないので受話すると、思いもよらない相手からであった。彼が通話を終えると、ダンテは保留にした自分の携帯を差し出す。

「大統領首席補佐官からだ。大統領がお前と話したいと言ってる」

現状での大統領からの連絡に、ダンテを含め、内心では全員が驚き、警戒した。

グリフォンは無言で携帯を受け取り、応答する。大統領首席補佐官が出て、大統領に取り次ぐ。大統領は、彼が生きていたことに安堵したと語った。それに対して彼は、「それで?」と、冷淡に突き放す。

「いっ、いや。君のボスのことだが、今後の要求がエスカレートするだろう。これ以上ないほどに」

「ああ、解っている」

「ボスを止めるためなら、私は内戦も辞さない。テロ同様に国民の犠牲が大きくなることを覚悟している。でも、君なら最小の犠牲で止められると思っている。君の言動は信頼に値する。だから、自由にやってくれ。全面的にバックアップする」

大統領の言葉を聞くうちに、グリフォンの態度のみならず、表情までが凍てついていった。

「オレは政治に関心がねえ。だから、お前が政治家か、それとも政治屋なのか判断がつかねえ。そして、オレは極道。お前も、心の底までオレを信じることはできない」

「そっ! そんなことは……」

大統領が言葉を詰まらせたのは、事情を知らないはずのグリフォンが、真実をついたからである。大統領は、彼には言えないことをしていた。

「オレたちの間に、間違っても信頼関係があってはならねえ。お前の気持ちは解るが、この国の大統領だろ、立場をわきまえろよ」

　グリフォンが尊敬する人物は、過去にも現在にもいない。この男が傲岸不遜でないのは、ボスの前だけだった。大統領に対しても態度を変えない彼は、いっそあっぱれと称賛するべきだろうか。リンチェイたちは、お前には感心するよ、と皮肉を言いたそうな表情をしている。これほど傲慢な言葉を浴びせられた経験がない大統領は、無意識に唇をひきむすび、思考力を失った。

「極道であるオレに、お前の許可は必要ねえ。手出しも無用。こうなった原因のほとんどはオレにある。だから、オレがケジメをつける。だが、もし、オレが敗けたら、あとはお前の好きにすればいい」

　一方的に主張して勝手に通話を切ったグリフォンは、携帯を父に返した。

「……まったく、自分の息子とは思えん」

　リンチェイとスナイプも、グリフォンのとどまるところを知らない傲慢さに、半ば白けてしまっている。

「何だよ、お前らもそんな目で見るな。オレが誰だか知ってるだろ。でも、まあ、母さんなら、そんなことは言わないだろうな」

　母とふたりだけで生きてきたグリフォンは、母を守れるようになろうと強さを求めたのだろう。それと周囲の環境が、極道然とした彼をつくったのだと、父たちは想像した。また、父親の役目を担うため、妻が父性を身につけたことで精神的に勁くなったのだ。彼の中に息づく自分の教えは、妻のものだと知覚した。遠い目をしたダンテは、妻に苦労をかけてきたことを、今さらながらに理解した。

「オレたちに無駄話してる暇なんかねえ。リンチェイ、今すぐ、NYPDに行ってくれ」

「ああ、それは構わないが。目的は何だ？」

「そうだな……」

NYPD署長に、一〇〇人の警察官と一〇人分のFBI特別捜査官のバッジとジャケットを、グリフォンは緊急手配させていた。目的は決めてあるが、捜査員を動員する名目については考えていなかった。彼は、テーブルにあるメモ用紙に何やら書き込みながら、リンチェイに指示した。リンチェイは説明を聞きながら、半分以上残っていたコーヒーを飲みほした。

名目は、ボスの行方の調査とした。この件に関しては、ボス側も調査の手が入ることは承知であり、調査自体は反発なく受け入れられる。一〇〇人体制の捜査員数は、事件と組織の規模からすれば当然であり、組織側も形式以上のものにはならないと踏んでいるので、大人数のほうが大組織としての箔がつくため望ましい。しかし、ボスの居場所は側近以外、誰も知らず、仮に知っていても話すはずがない。いわゆる陽動であって、むしろ刺激しすぎて反発されることを避けねばならない。

「お前の潜入をカムフラージュするための捜査だ。目的は漆黒の大蛇（ブラックドラゴン）の押収。高いレベルでの装甲と機動力を兼ね備えた車、トランクに収納した最新兵器がな」

「……」

ボスの側近との闘いに、装甲車並みの車と強力な武器が必要なのはわかるが、街に戻るのは危険がともなう。メリットよりリスクのほうが高い気がして、リンチェイは納得できなかった。沈黙を返すリンチェイの内心を読み取ったグリフォンは、リンチェイが納得する答えを用意していた。

「お前、虎の児が欲しいなら、どうする？」

「は？　それって、虎穴に入らずんば虎児を得ずのことか？」

「そうだ。相手はボスだ。生温い手なんて通じねえ。お前のおかげで、ようやくボスへの道を見つけたよ。虎穴ってやつをさ」

グリフォンから表情が消える様を見て、リンチェイは戦慄を覚えた。自分が思っているより、街へ戻ることのリスクは高いかもしれない。

「じゃあ、作戦は後で教えてくれよ」

リンチェイは、グリフォンがすでに作戦を立案していることを見抜いた。自分を街に戻らせるのは、億ションの地下駐車場にある漆黒の大蛇をＦＢＩとして押収するよりも重要な何かがあると、リンチェイは確信した。

横を通り過ぎようとするリンチェイの腕を掴んで止め、グリフォンは耳元で何かささやいた。そして、さきほどメモした用紙を折りたたんで、リンチェイの胸ポケットに入れた。

「お前……」

グリフォンが伝えた内容に驚愕したリンチェイは、背筋を氷塊が滑り落ちる感覚を覚え、言葉を失った。リンチェイの直感は正しい。街へ戻ることは、地獄への入り口であると、リンチェイは直観したのだ。

「これだけでわかるだろ？　反対する前に動け。考えるなら、オレの指示通りに動きながらにしろ。でも、お前は考えることに向いてねえ。何より、お前は敵を知らねえ」

何も教えずに行かせるつもりだったが、グリフォンは兄弟に対して隠すことができなかった。全容を話してはいないが、一言で作戦は推測できる。

ドアノブに手をかけたままリンチェイは硬直し、肩ごしにグリフォンを見つめた。席に着いた彼は、視線を感じて振り返った。リンチェイの透きとおるような瞳は、作戦の成否を問うているように見えた。あるいは、ただ不安なのかもしれない。彼は、ただ一言、力強く応えた。

「兄弟、頼んだぞ」

「……ああ、任せろ」

リンチェイは納得しかねているが、今までの自分の行動から、反対できなかった。この作戦にグリフォンが異論を認めないとしても、勝手に動いて事態を悪化させてきたのは自分だ。また、敵を知らないリンチェイは、自分たちに適した作戦を立案できない。だが、彼がリスクを承知でいるなら、もう不安はない。現代の名将というべきこの男が、どんなに険しくても通れない道を行くことはないのだ。

自分のことをリンチェイが蘭陵王に例えていることをグリフォンは知らないが、その人物を知っている。しかし、抗争や街造りに彼が活かしているのは孫武の思想だ。今回のように無謀とリンチェイに思われ、過去に強引な戦術を何度も敢行してきたが、それは彼が生粋の極道だからだ。彼（敵）を知り、己を知れば百戦危うからず。つまり、極道的な思考を持つ彼が作戦を練れば、多勢に無勢や強敵に対しては無謀と紙一重になることもある。だが、彼なりに勝つための道が見えているのだ。

Ⅱ

一〇〇人もの捜査官をひき連れて、リンチェイはグリフォンの億ションを囲んだ。名目は、ボスの行方調査である。しかし、それは形だけで、アイン、ジュードと接触し、公的に車を押収することが目的であった。

ＦＢＩのロゴの入った帽子とサングラスで変装したリンチェイは、数十名の捜査官に紛れ、グリフォンの部屋に踏み込んだ。

アインやジュード、ボスの部下たちは、警察の手が入ることはわかっていたので家宅捜索と事情聴取に素直に応じた。表面的にはおとなしくしているボスの部下たちの態度に、状況を把握しているとはいえ、リンチェイは意外さを禁じ得なかった。しかし、ボスの部下たちはよく理解している。ＦＢＩは大規模の銃撃戦を街中で展開させられ、ボスどころか側近をすべて取り逃がしたあげく、市民に数十人もの死傷者を出したのだ。

この事件は国際的なニュースになり、グリフォンは生死不明と報道され、国民の七〇％以上が話題にし、事件の経過を知りたがっている。今朝はＦＢＩニューヨーク支局が爆破され、付近で銃撃戦が行われ、早くも各テレビ局で取りあげている。交通カメラなどの映像や目撃者のインタビューから、彼が生存している可能性が高いとされ、街の人々を抑えていたアインとジュードは安堵した。これだけでも調査の名目は立ち、彼の身柄（あるいは遺体）をＦＢＩが確保したならば調査は自然の成り行きだと、アインたちは思う。

しかし、ボスの逮捕に失敗し、市民に死傷者を出し、その上で彼が裏切りによる制裁で死んだとなれば、事件の責任を組織に擦（なす）りつけるわけにもいかない。なぜなら、彼の管轄組織の影響を受けて、表向きは、まっとうな組織に全体がなりつつあるため、ＦＢＩの作戦は、事情を知らない国民には強引で粗略に見える。実際、過去の経験、ボスの為人（ひととなり）を考慮に入れず、現場を軽視していた。ＦＢＩも事件の責任をきちんととらなければ、内情を知らずとも、国内外にいる彼のファンが黙ってはいない。また、この状況でボスを追うならば、戦争（極道用語でない）になる可能性が高く、その覚悟がＦＢＩにあるとは思えず、調査は何のためかと、アインやボスの部下たちは疑問を感じていた。調査自体にまったく意味がないとは、アインやボスの部下たちには想像もできなかった。

最上階のグリフォンの部屋に呼び出されたアインとジュードは、捜査官を見たとき、怒りの激情が一気に膨れあがり、拳を固めた。グリフォンを憚って、その捜査官、リンチェイに手は出さなかった。が、気持ちはわかると言ったリンチェイに、ふたりとも無言で一歩詰め寄った。

「……彼は生きてる」

そう告げたあと、グリフォンから託された、ふたりへのメモを渡した。それはメモというより、手紙であった。

『アイン、ジュードよ。お前たちの気持ちはわかるが、どうかリンチェイを責めないでくれ。彼が裏切ることは、出会ったときに、お前たちも予想していたはずだ。そのとき、オレは…彼との出逢いに運命というものを感じたんだよ。

この一〇年、お前たちがオレを支えてくれた。お前たちの時間、忠誠心を無にするように彼と行動を共にすることをどうか許してくれ。お前たちにはとても感謝している。裏切りは組織に入る前から望んだことで、オレ個人の問題だ。お前たちがオレのために死ねるのはわかっているが、弟と想うお前たちを私闘には巻き込めない。

オレが生きてると発覚した今、お前たちはボスの人質対象になるだろう。でも、それを理解して組織に入ったんだから、悪いとは思わない。オレがお前たちの力を借りずに死ねば、お前たちは大丈夫だ。でも、お前たちが心配だ。ボス側にも意図は明白だろうが、中立の立場をとれ。側近に戦闘力が及ばない仲間がひとりやふたり増えても、相手が側近じゃ邪魔なだけだ。それより、街を頼む。オレがいなくなれば街は傾く。オレのことを想うなら、街を守ってくれ』

手紙を読んだふたりは歯がゆさを禁じえず、体の震えに呼応して拳を固めてしまっている。リンチェイは、ふたりに同情を示すが、口に出したのは、ここへ来た目的であった。

「俺は、グリーに頼まれて黒い大蛇(ブラックドラゴン)を取りに来た。それから、俺が来たことと、グリーと落ち合う場所をボスの部下に話してくれ」

数秒の間をおいて、アインとジュードは異口同音に愕(おどろ)いた。

「それを伝えたら、待ち伏せに遭う…どうして？」

「中国にはこういう諺がある。虎穴に入らずんば虎児を得ず。大きなリスクを負って望みのものを手に入れようとすることだ」

「いや、もうすでにリスクは負ってる。それに……」

「そうだ、Ｙｏｕｎｇ Ｍａｓｔｅｒ(若)を仕留めるためなら、ボスは何だってする。この街だけでも一〇万以上の兵隊がいる。数に頼らなくても、側近を一〇人出せば、ほぼ確実に殺(や)れる」

「いくら若でもムチャだ。どんな策を立てているんだ？」

「いや、俺は詳細を聞かずに来たから、具体的な作戦は知らない。でも、アイツの目的は見当がつく」

ひとつは、ボスのアジトを吐く側近を誘(おび)き出すこと。昨日の側近は全員殺した。尋問はしたのだろうが拷問にはかけなかった。つまり、ボスのアジトを吐く者は限られている。

居場所を教えることでボスは戦力を集中してくる。おそらくは、アジトを吐く者は、その待ち伏せに必要な能力を有しており、出てくる可能性が高い。

ふたつめは、この一戦で多くの側近を倒すこと。ボス側も解っている。アインとジュードからの情報であるから、グリフォンが流したものであることを。しかし、ふたりの命が懸かっているのだ、情報を疑われはしない。待ち伏せされると知って彼が来るなら、一〇人では不足だ。ボスは二〇人前後で待ち伏せする心算(つもり)だろう。それを彼は望んでいるのだ。この作戦は、ボスのアジトを掴むことのみではない。おそらく彼は、自分とふたりだけ、多くともダンテとスナイプの四人でアジトを強襲する気だ。ボスと相見えたときのため、闘える数まで敵を減らそうというのだ。この作戦自体、危ういものであるのに。

説明しつつ、リンチェイは今さらながら、グリフォンは恐ろしい漢(おとこ)だと改めて思う。否、それが極道なのだろう。力には力を以て対抗し、相手よりも強い力でねじ伏せる。戦慄とともにリンチェイの血が騒ぐ。リンチェイもまた、死と隣り合わせのようなギリギリの死闘というものが嫌いではなかった。だから、リンチェイは彼のやり方を反対しきれなかったのだ。

グリフォンには、もうひとつの目的があった。それについては、ボスの側近以外、誰の理解も共感も得られないものだろう。リンチェイが予測したふたつの目的も正しく、重要だが、みっつめの目的こそ、彼には必要なものであった。

「でも、俺たちはダメで、何でアンタなんだろう？」

「ジュード、この男はな、たぶん…若にとってレオ様なんだよ」

「えっ!? どこがですか?」

「何となくわかるだろ? 若の態度から」

「……確かに、そんな感じはしましたが、自分には……」

「たぶんな。レオ様のことがあるから、聞けなかったが」

ふたりは、グリフォンの親友だったレオのことを知っている。しかし、レオとリンチェイの瞳が酷似していることに気づくほどの仲ではない。また、レオの父を怨んでいるなら、どうして父の組織に入り、国内№1の組織に押しあげたのか。そして、一〇年も経った今になって裏切るのか。ふたりにはまるで理解できなかった。

ふたりの疑問は、リンチェイも知りたかった。

……そうだ。どうして、アイツは俺にこだわる? それも異常に…レオとの間に一体何が……そういえば、報復の話をしたとき、アイツは落ち込んだ様だったが、それと関係が?

深く考え込んでしまったリンチェイに、ジュードが声をかけた。

「どうした?」

ふたりが知らないのなら、グリフォン本人に訊くしかないが、少なくともボスを倒すまでは話さないだろう。

「いや、何でもない。この作戦、危険をとおり越して無謀だけど、アイツが考えた作戦だ。だから俺は、アイツを信じて戦う」

断言するリンチェイに、アインとジュードはうなずいた。グリフォンの器量は、三人とも知るところだ。およそ人が持てるものではないボスの負の感情を、三人とも知らないが、彼への信頼のほうが勝っていた。

Ⅲ

午前〇時。工場跡地。

かつてグリフォンとレオが死闘を演じた荒地の中央に、漆黒の大蛇が低く唸って鎮座している。リンチェイは車から降りずに待つよう指示されていた。ボス側は防弾性としか見ていないが、単発ではライフルで窓ガラスを貫通できない。外見だけが暗紫色の大蛇と同じでまったく別な車である。

二mを越える車幅を活かし、そのボディはベースカーの二倍以上の厚みがあり、ロケットランチャーが直撃してもへこむ程度の頑丈さだ。車体下へ撃ち込まれないよう車高をレースカー並みに落としてあるが、足回りと下回りを強化してあり、荒い路面の公道でも高速走行できる。ハンドルを左にし、ＳＲＴバイパーＧＴＳの８・４Ｌのエンジンに載せ替え、ミッションもショートストローク化したバイパーのものに替えた。エアコンをはじめとし、余計な贅肉を削ぎ落とし、バイパーの走行性能に近づかせている。スポーツカーらしい走行を可能にしたところはグリフォンらしい。

　スポーツカーをスポーツカーとして扱わないなら購入すべきではないと、トロい走りをしているスポーツカーを見るたび、彼は思っている。スポーツカーでないのにエアロをつけたり、マフラーを替えている車にも同様に苛立ちを感じている。スポーツカーとは車自体の車高を低くし、窓よりもドア部分のほうが高いことがスポーティであり、エンジン音に比例して車速が増していくものだと思っている。エアロをつけて車高をあげ、音だけさせてちんたら走ることに疑問を覚える。安全な速度とは、視界の広さに応じて変わるものである。彼の場合、自分の街以外では、法定速度より抑えて走ることがあり、法定速度を単なる安全基準としてしか見なしていない。

　リンチェイがここに来て、すでに三〇分が経過している。側近たちの姿はないが気配を感じる。実際には感じているわけではない。しかし、わかるのだ。言葉では説明できないが、戦場に変化したことを本能で悟るのだ。

「グリー、これでいいのか？　まともな戦闘にならない気がする……」

　想像通りの展開になれば、自分と同等の相手が二〇人、まさに狩られるような闘いになる。言葉とは裏腹に、リンチェイは精神が昂ぶり、戦慄に身が震えた。低く重い大蛇のエンジン音が耳に心地よい。

一四時間前。リンチェイが去った後のインド大使館応接室。

作戦の詳細を聞く前に、ダンテは疑問を口にした。

「ところでお前、何で側近をあっさり殺した。なぜ拷問にかけなかった？」

「……アンタはそれも専門だろうな。だが、目を見ていればわかったろう。ボスの支配力は、アンタが思っている以上だ。総合的にオレの方が高い評価と信頼を得てるが、そんなものより、ボスへの畏怖が圧倒的に勝る」

ダンテもスナイプも、グリフォンの答えに納得できない様子だった。無理もないことで、ボスに直に接した者でなくては、その人間離れした存在を理解できない。

「だったら、これからどうする？　お前が生きてると発覚した以上、報復よりもお前を殺すことを優先するだろうし、もう待ち受ける手は通じないんじゃないか？」

「リンチェイにも言ったように、そんな生温い手でボスに辿り着こうなんて甘すぎたよ」

質問に答えるグリフォンの貌から表情が消える様子は、ダンテとスナイプに悪寒を覚えさせ、鳥肌を立たせた。

……その顔！　死を前にしているわけでもないのに、何でそんな顔ができる？　お前……極道になって何を経験してきた？

ダンテが考えに耽るようにテーブルを見てしまったので、スナイプが反対の意を示す。

「……しかし、何しろ相手が相手だからな。甘いというより慎重を期すべきだろう。俺にも経験がある」

グリフォンは、スナイプを指さして声をオクターブあげた。

「それだよ。だから、ボスに直に会ってみなければわからないんだ。あれに対抗するには勇気じゃ無理なんだ。だから、オレは裏切れなかった。でも、アイツのおかげで今ならわかる。そんな気持ちじゃぁ、ボスに辿り着く前に死ぬってな」

一呼吸おいたグリフォンの内奥で、負の気が湧き起こる。爆発的に膨れあがる彼の気は、スナイプの身を震えさせた。

「裏切りもボスへの道も同じ——必要なものは命。ボスに辿り着いて倒すことができなきゃ、オレたちは死ぬんだ。慎重さなんてクソ喰らえだ。無謀だろうが、〝力〟でボスへの道を開くんだ」

表面的な印象からは想像できないが、グリフォンは骨の髄まで極道であった。「力で」と拳を固める彼から負の気が放たれる。俯いているダンテに視線を向けさせるほど、彼の気は尋常ならざる力を持っていた。自分に注意を向けた父を見て、彼は作戦を話した。それは、作戦と呼ぶには、あまりにも無謀なものであった。

「あ？　お前、正気か？」

スナイプは疑問を呈したが、父は黙っていた。

「ちょっと待て。なんだそりゃ……地の利は互いにあるが、それがかえって問題だろ。そういう場所なら何でもできるからな」

　グリフォンは、ボスに罠を張らせる格好の場所に思い出のある地を選んだ。ボスとの密会場であり、レオとふたりで二〇〇人と闘った場所だ。本来なら国有地として更地か公共施設になっているはずだが、密会場として、当時のままに残してあった。Ｍｓ'Ｃｉｔｙのどこでも彼に地の利があるが、ここなら市民を気にかけることなく、思う存分に暴れられる。同様に、ボス側も熟知している場所であり、建物はあっても広大で無人、待ち伏せるには、これほど条件が整っている場所はない。

「この状況で、相手がお前なら半端な戦力じゃ戦わないはず……一五…いや、二〇だ。二〇人は揃える。ボスとしてもお前は脅威だろうからな」

　ダンテが黙ってから、スナイプはグリフォンと会話が微妙にかみ合わない。少数精鋭でどうにかなる相手ではないのに、彼は今までのやり方で作戦を立てている。どれほどの強敵であろうと、相手が人なら銃器で容易に殺せる。極道同士の戦いであるから、不利な戦況を力で覆すことで精神的に上回りたいのだろうが、限度を超えて無謀としか思えない。自分は彼を買い被っていたのだろうか。

「それは解ってる。この作戦の目的はふたつ。ひとつはボスへの道。もうひとつは、側近の数を減らすこと。これが肝要だ。ボスと対峙できておきながら、身動き取れませんじゃ、終わりだ。オレたちにセカンドチャンスはねえ」

「たしかに、個々の能力が同等以上であるからには、敵が多すぎると身動きが取れなくなるが…他に手はないのか？　ボスに対抗できるだけの数なら、おそらく集められる。お前だって、街の人間を動かせるし、まだ大統領も……」

グリフォンは頭をふった。徹底してボスの恐怖を知っている組織の者は、ボスを裏切ることなどできない。堅気の人間ならついてくるが、彼らは巻き込めない。大統領に頼み、極秘に国内で軍を動かすとなると問題は大きくなる。刃向かってくるなら、当然のように市民を殺すボスは、戦争（極道用語でない）すら当たり前だ。彼自身、詳しい兵隊の数は知らないが、直属だけで三〇万。まず、ボスはこれをぶつけて、その間に末端の末端に至るまでかき集め、最低でも五〇万の兵を追加で投入できる。もはや内戦であり、市民の犠牲、その範疇など問題ではなくなる。中途半端な数では戦力にならず、戦力としての数を揃えれば、ボスに相応の手段に出られてしまう。だからこそ、危険を承知で少数で戦い、道を拓くしかないのだ。

グリフォンの作戦に理（ことわり）はある。だが、その考え方はあまりに異質。相手と戦場の質は違うが、スナイプにも死線をくぐり抜けた経験がある。彼は、死に場所を求めているのだろうか。自己犠牲を前提にしたような作戦は、犠牲を伴うにしても勝算のある作戦と併用すべきものだ。併用できない理由を彼は説明したが、ボスを知らないからといってスナイプは納得できない。

「……お前の言うことは…たしかに一理ある。だけど、そうしないとボスは倒せないのか？　人間相手に、そんなのおかしいだろ」

スナイプから見ても、グリフォンは成功者であり、死に場所を求める理由はわからない。彼の意志が強固であることは、彼が放った余人を圧倒する力を持った負の気でわかる。自分では彼を止めらないと判断したスナイプは、ダンテに判断を任せた。

「……………」

しばらく考えていたダンテだが、頭に浮かぶことはどれも陳腐に思えて、何も言うことができなかった。

「オヤジ、そのまま何も言うな。スナイプも、今は理由にふれないでくれ。一〇年もかかって、やっと掴んだチャンスなんだ。オレはもう、自分を抑えられねえ……！」

勁烈に瞳を耀かせる息子を見て、父は覚悟を決めざるを得なかった。この戦いで息子は命を落とすかもしれないが、自分にも息子は止められそうにない。

「ひとりじゃ無理だけどよぉ、これは、オレの戦いだ。やりたいようにやらせてくれ。オレは…あのときと同じような状況で、今度も後悔することになったら、もうオレは立ち直れねえ。だから、オヤジ、許してくれ」

自分の心が壊れていることを自覚しているなら、息子の判断が鈍っているとは、ダンテは思えなかった。気がかりは妻の意思だが、息子の内面が常人のものと比べ、時間の経過とともにかけ離れていったことに気づいてないはずがない。

「エリンは、知っているのか」

「言うわけねえだろ。でも、母さんなら気づいてるよ」

子は成長し、いつかは巣立つ。ダンテは成長を見守り続けることができなかったが、極道になったときには、息子は巣立っていたのだろう。息子の生き様は異例だ。息子を想うなら、妻と同様に、親として受け入れるべきだと、ダンテは思った。

「……わかった。お前を信じよう。戦力を増強するのは最後の手段だ。ただ、要の側近が出るのか?」

「それはゼニヤッタが勝つ確率くらい高い。そいつは特別なスナイパーだからな。待ち伏せるならスナイパーは外せないだろ」

ゼニヤッタとは、アメリカ合衆国の競走馬を代表する実績を遺した名牝である。後方から地響きが聞こえそうな迫力のある走りで差し切り、一着をもぎ取る。不器用なレースをする競走馬だが、牝馬で根性があり、豪快な走りに魅せられ、グリフォンは気に入っていた。ギャングスターランド競馬場で初開催となるG1レースに招待できないのが、まことに遺憾であった。

「特別?」

興味を示したのはスナイプだった。

「ああ、なんせ、スコープを使わないからな。射程は五〇〇mほどだが、肉眼で捕捉されるため、一度捕捉されたら、まず視界から逃れることは不可能だ」

「……ライフルの射程としては短いが、五〇〇mなら十分な射程距離だ。よく訓練されているんだろうから、同時に複数の標的をもロックオンできる。厄介だな」

「そいつの対応は考えてある。なんだかんだバックアップを否定したが、今回は軍の力を借りたい。狙点を定めるのに時間がかかってもいい。一km先の標的、頭部を確実に撃ち抜ける奴が八人くらい欲しい」

「その条件なら、最低でも一〇人は集められる。訓練度の高い奴も数人なら何とかなるだろう」

ダンテが答え、視線を送られたスナイプはうなずいた。

「充分だ。じゃあ、待機ポジションを検討しよう」

ホワイトボードを借りたグリフォンは、地図を描きはじめた。

Ⅳ

「グリー、スナイパーを一〇人捕捉（ロックオン）したが、例の奴はいない。それにCQC部隊を五人ほど確認できたが、捕捉は無理だ。どうする？」

「フッ、戦端を開く前にそれだけ発見、捕捉できるなんて最高だ。女神はオレたちに微笑んでくれてる。スナイパーが減れば、奴が出てくるしかないだろう」

この作戦では、グリフォンが囮となり、父かスナイプが例の特殊スナイパーを麻酔弾で眠らせて捕まえることになっていた。

父との通信を終えたとき、グリフォンは工場跡地に入るところだった。大使館で借りたHEMI仕様クライスラー300Cの車載電話で、リンチェイの携帯にかけた。

「リンチェイ、オレだ。とりあえず車内で待機してろ。それはロケットランチャー(RPG)も効かない」

「わかった」

「オレの車、白いセダンが見えるときに、また登録されてない番号でかけるから、ヘッドセットで受け、そのままにしろ。それが戦闘チャンネルだ」

「ああ、用意しておく」

工場の奥、広い荒地に300Cが入り、大蛇の隣に停車したときであった。グリフォンとリンチェイ、それぞれが乗る車にロケット弾が撃ち込まれるのと、父親たちのチームが狙撃を開始したのは、ほぼ同時であった。300Cは大破してしまったが、大蛇は横に一mmほどズラされ、装甲がわずかにへコんだだけであった。

車外に飛び出したグリフォンは、マリンスーツのような出で立ちで現れた。さすがに今回は、9mmの弾丸しか防げないホストスタイルではなく、USAF(アメリカ軍)最新技術が駆使されたフル装備であった。

漆黒に塗られたフルフェイスは、スーパーセラミックとケルベロスと呼ばれる頑強な繊維の複合装甲である。暗視装置(ノクトビジョン)を備えたシールドは大きく視認性が高い強化ガラス製で、フルフェイスにはスピーカーとマイクが内蔵され、仲間との交信が可能である。

ダークブルーのマリンスーツに似たコンバットスーツもケルベロス繊維の防弾性で、鱗のように突起がある。ライフルやマグナムクラスの弾丸も一、二発なら貫通を防ぐことができるが、衝撃までは防げず、肉の薄い部分に直撃すれば骨折する。肩や胸、肘と膝、腰回りなどにフルフェイスと同じ素材のプロテクターをつけ、防御力を高めると同時に攻撃力も増す。

予想通り、側近からのライフルによる狙撃はなく、9㎜の弾丸を受けたのみであった。それも数発で、足止めにもならないことを確認しただけのようだ。

猛然とグリフォンは走り出す。プロテクターとフルフェイスが重いため、最高速は出せないが、それでも一〇〇mを一三秒台で走れる速さであった。

……自分の息子ながら、とんでもない身体能力だな。暗殺者のレベルだ……

ダンテは嘆息した。一〇年以上も会っていなかった息子の成長ぶりには、驚かされてばかりだ。

「グリー！　逆だ！　奴が現れた！」

リンチェイはライフルの狙撃を受けていた。グリフォンが向かった反対側の工場からであり、入り口から遠いため、父やスナイプらが狙撃することができない。

「チッ、スピードは落とせねえ。リンチェイ、こっちへ来い！」

グリフォンが反転できる状況でないことを判断すると、彼を掩護するためにリンチェイは車を発進させた。

工場まであと数歩まで迫ったとき、マシンガンの連射を受けた。ダメージは皆無だが、グリフォンは走る勢いを削がれた。それでも反転すれば、例の特殊スナイパーに撃ち殺されてしまう。強引に進んで、工場内へ入り込んだ。そこへロケット弾が飛来するのを見た。

「！（クソッ、足元かよ！）」

ロケット弾を撃ち込まれることは予期しており、体を狙われたなら躱すことも可能だが、足元に着弾するように放たれたのでは、時間と距離がなければ銃弾で撃ち落とせない。地面に着弾するより先にジャンプしてダメージの軽減を試みるが、焼け石に水というところであった。凄まじい爆風に一〇m以上吹き飛ばされた。転がって片膝をついたときには、側近ふたりに近づかれていた。

ダッシュで勢いのついた前蹴りを、両腕で受けたグリフォンの体が浮きあがる。そこへサイドから来た側近がミドルキックで合わせた。故意に受けた彼は、がっちりと足首を掴んだ。足首を折る素振りを見せ、相手にサマーソルトキック（バク宙しながら蹴ること）を出させ、彼は右にスライドしてもうひとりの側近の追撃を避け、まだ中空にある側近の顔面に右拳を打ち下ろして失神させた。

グリフォンは、倒れた側近を挟んで、大柄な側近と対峙した。互いに時計回りに動きながら、相手の様子をうかがう。

大柄な側近は、失神した味方を軽々と持ちあげると、グリフォンに向けて振り回した。とても七〇kg以上はある人間を振り回しているとは思えない速度であり、範囲も広いが、彼の身体能力も尋常でなかった。

　完璧に動きを合わせ、グリフォンは踏み込んだ。地面に肘が着くほど低空のダッキング、大きいスライドで間合いを瞬時に詰める。このときまだ、彼の上で側近が回っている。そして、大柄な側近の膝にストレートを当てた。

「グェア！」

　一撃で膝の皿を砕かれた大柄な側近は、聞いた者も苦しくなるような悲鳴をあげた。巨体が崩れかかるところを、グリフォンは低空からアッパーで拾いあげる。今度は大柄な側近の顎が砕け、血と歯が飛散する。大柄な側近の動きを鈍らせたところへ、グリフォンは跳びつき、首をロックした一瞬後には折っていた。

　その瞬間、階上からロケット弾が飛んだ。推進音が聴覚を刺激し、現物を視界に捉えたとき、グリフォンは覚悟した。今度は跳ぶ猶予すらない。仮に思考する時間があっても、彼の身体能力では、戦闘不能と化す厳然たる事実からは逃れられないであろう。爆発の威力が高く、腕で受ければ骨を砕かれ、およそ人間の打撃ではダメージの軽減は見込めない。それで何もしないよりは、ヘッドバッドの威力が最大となる瞬間に生み出される力なら、戦闘不能にならないだけの防御力になることに賭け、彼は体勢を整えつつ、全身に力を漲らせる。

爆音とともに大きな黒い影が視界を塞いだとき、グリフォンは何が生じたか理解できなかった。が、それも一瞬のことで、リンチェイの操る大蛇がロケット弾を防いだとわかった。

上階にいた側近は不利を悟ったが遅い。すでにグリフォンは狙いを定めている。ひとりは背中を撃たれ、大穴を開けられて絶命し、もうひとりはロケットランチャーの引き金をひいた瞬間、その発射口にマグナム弾が着弾し、爆死した。

このとき、反対側の工場にいた側近たちは静かに移動していた。狙撃の危険をかえりみず屋外に出るとは、さすがボスの側近であるが、グリフォンの目的を察知したのかもしれない。

長い一分半であった。沈黙はジェット音で破られた。戦闘機が低空で飛来した刹那、爆弾を落とし、グリフォンとリンチェイがいた工場を爆破した。ここにいた側近はすべて倒したはずだが、念のために爆撃したのだ。

赤黒い煙を突き破って黒い大蛇が飛び出す。反対側の工場に鎌首を向け、唸りをあげて大蛇は加速する。運転しているのはグリフォンであった。故意にミドルキックを受け、彼の肉体を貫通した衝撃は、胸骨の亀裂を拡大させ、痛みをぶり返させた。敵の特殊スナイパーに狙撃されない速度ではもう走れない。囮の役目をリンチェイに託したのである。

「ただのスナイパー……！　戦闘機（ジェット）を戻せ！　あっちも爆撃しろ！」

反対側の工場にいるスナイパーは、スコープを通して狙いをつけていた。その姿を視認したグリフォンは、目的を悟られたことを直感し、爆撃を命じた。

「グリー！」

「……まだだ。オレを仕留めるまで、側近は逃げたりしねえ」

リンチェイはグリフォンの声音が微妙に暗いことに気づいたが、思いやる余裕はなく、すぐに忘れていた。

……バレたか…やっぱ、指揮官はアイツか……

ふたりが視認した敵はひとりだが、すでに配置は、ほぼ完了しているだろう。となると、爆撃を命じた時点で移動を開始していたことになる。爆撃後なら、それを回避するための移動だろうが、事前に移動するのはなぜか？（おそらくは）ひとりだけ工場内にスナイパーを残したのは囮のためか？

いくつもの解答が浮かぶ中、グリフォンは正解を考えるよりも最善と思われる行動をとった。クラッチを一瞬だけ切り、同時にハンドルを左に回す。砂埃を巻きあげてドリフトしつつ、工場出口へ続く直線に向かい、スナイパーの狙撃を車体で受け止める。出口への直線に進入すると同時にロケットランチャーが飛来し、ボンネットに被弾した。

「Ｇｏ（行け）！　Ｌｉａｎｇｊｉｅ（リンチェイ）！」

地上に降り立ったリンチェイは防弾ベストを着用しており、前進する大蛇のピラーに手をかけて走り出す。グリフォンには及ばないが、フル装備の彼と同等の速度で走るリンチェイも俊足であった。彼が操る大蛇は、リンチェイを追走する。

残っている側近は何人いるのか。まずは、ひとりが右前方から姿を見せた。ロケットランチャーを構えており、リンチェイに向けて発射する。

グリフォンはリンチェイの名を呼び、大蛇を並走させる。リンチェイは大蛇のボンネットに乗ると同時に右フェンダーにロケット弾が被弾した。リンチェイが大蛇の反対側に回るのを視認した彼は車を加速させ、リンチェイの前に回り込み、出口付近にいるスナイパーからの狙撃をフロントウィンドウで受け止める。

今度は左右から側近が出現し、グレネードランチャーを構えていた。グリフォンは急減速しつつ窓を開け、リンチェイの二の腕をがっちりと掴んだ。「しっかり掴め！」と叫ぶが早いか、急加速で車を回転させ、後方からのグレネード弾を車体で受け止める。前方の地面に着弾したのはスモーク弾であり、瞬く間に煙幕が視界を奪うが彼はまったく動じない。さらにスピンを続けて側近に攻撃を許さず、同時に車体で煙幕を巻き込んで散らし、瞬間的に視界を確保した彼は、正確に車体後部で側近を跳ね飛ばした。このプロ並みのドライビングテクニックがあるから、彼はリンチェイを囮にしたのだ。

立ち込めた煙幕が弱まっていく中、もうひとりのグレネードランチャーを持った側近と相対すると、グリフォンは大蛇を急発進させた。これは威嚇であり、リンチェイの速度をトップスピードに戻すためであった。

「いたぞ、グリー。必ず、捕まえてやる！」

出口付近でライフルを腰元で構える側近を、リンチェイは発見した。グリフォンが手を放した直後には、リンチェイは全速で駆けている。そして、轢かれるまいと逃げる側近を、彼はマグナムで射殺した。

「オヤジ、ハイウェイ出入り口だ！」

「期待するな！　多分、間に合わん」

工場付近には、それより高い建物がないため、ダンテたちは二機のジェットヘリから狙撃していた。回転翼（メインローター）の騒音に気づかれない狙撃可能な位置を最速で見つけるには運が必要だ。そのため、遠距離からの支援は期待できず、特殊スナイパーを接近戦で倒してから捕獲するしかなくなった。

リンチェイは、グリフォンを信じて全力で駆けた。大蛇の爆音で射撃音はまったく聞こえないが、特殊スナイパーが引き金をひいているのは見える。ライフル弾が体の至近距離を抜けていく感覚がある。それでもリンチェイは走った。まっすぐ、ただ敵のスナイパーに向かって。

……アイツ、そこまでオレを信じて……

グリフォンは、リンチェイに斜行して近づけと指示していた。雇って間もないので、動く標的の訓練には入っていないはずだ。まっすぐ向かえば狙いをつけやすくさせてしまうが、斜行したとして、距離が短すぎて角度がなく、効果は薄い。自分に託すくらいなら、斜行しても速度に余裕があり、近づくほどに角度がなくなるのだから、直進でも同じだとリンチェイは考え、全力で直進することにしたのだ。

後方にロケットランチャーを放った敵を残し、グリフォンは大蛇を発進させ、リンチェイのあとを追った。出口付近にいた№3と思われるスナイパーが動いたからだ。まだ現れてない側近がいるかもしれないが、もはや構ってなどいられない。こうなったら、特殊スナイパーを拉致して逃げるだけだ。

グリフォンは大蛇を急停止させた。側近の№3と思われるスナイパーがライフルを捨て、リンチェイに向かっていったからだ。

「そいつはオレが止める！」

大蛇から降りた瞬間、罠だとグリフォンは気づいた。左の暗がりから側近が飛び出してきた。だが、一㎎も躊躇うことなく彼はマグナムを構え、リンチェイに向かった側近を撃ち殺した。同時に、彼はショルダータックルをまともに喰らい、大蛇のドアに叩きつけられた。その側近は追撃せず、まずマグナムを蹴り飛ばした。強靭なプロテクターを身に着けた相手に人間の打撃は通じないことを理解している、この二ｍを超える長身の側近こそ、彼が警戒する№3であった。

待ち伏せの指揮官として、№1はともかく、№2でなく№3なのは、この№3が指揮能力、統率力に優れているからである。ボスは格闘能力で側近の優劣をつけているが、総合的な能力は№3が群を抜いていた。

本来なら、グリフォンとリンチェイを序盤から一方的に追い詰め、万が一、挽回されるとすれば味方を減らされた終盤のはずであった。互いに万全の態勢を整えていたが、最初にスナイパーのほとんどを倒されたために、No.３の作戦がうまく機能しなかったのである。一km以上の射程距離を持つスナイパーを短時間で何人も揃えたという情報はなく、周囲一km圏内に狙撃ポイントもなく、工場内をおさえている。それでも出鼻を挫かれたことが、No.３の誤算というのは酷である。互角の勝負に持ち込まれただけに過ぎず、No.３は戦況を立て直してふたりを追い詰め、大事なところで、特殊スナイパーの捕縛を目的としたグリフォンの戦略を読んでいる。No.３の能力は本物であり、まだ狩りは終わってはいない。

そのNo.３は躊躇し、攻撃を中断していた。それは、グリフォンの反応が鈍かったからである。胸骨を痛めているとは、さすがのNo.３も短時間では見極められない。だが、躊躇いも数瞬のことで、No.３は懐に入り込むと背負い投げの態勢にはいった。

「…ォオッ！」

腰をかがめ、重心をさげたグリフォンだが、投げに耐えるつもりは毛頭なかった。傍目には軽々とNo.３を持ちあげたように見えるほど、彼の瞬発力は常人離れしていた。そして、そのまま彼はNo.３を後方へ投げ飛ばした。ほぼ同時に、甲高い銃声が谺した。マグナムを拾う彼の視線の先に、回転して地面に倒れ込むリンチェイの姿があった。

V

肩口を裂かれるように被弾したリンチェイは、銃弾の威力に態勢を崩され、速度を殺さぬよう立て直そうと体を回転させるが、うまくいかずに倒れこんだ。特殊スナイパーとの距離は、ゆうに五ｍは残っていた。

続いて発生した銃撃は、重く短かった。特殊スナイパーのライフルがへし折れ、胸元から血が爆発するように飛散した。五〇ｍほどの遠間では、当たれば殺してしまうと解っていて、グリフォンはマグナムを撃ったのだった。

グリフォンのフルフェイスに、９㎜弾の銃弾が弾ける。後方に残した側近が発砲したのだ。撃った側近へ小煩げに目を向けた彼は、さらに被弾する中、落ち着いて狙いを定め、引き金をひいた。次の瞬間、側近の頭は無残にも砕けた。手のひらでマグナムを回し、彼はNo.３に銃口を向けた。

「終わりだ、ハイデルン」

ハイデルンと呼ばれた側近のNo.３は、大蛇のルーフ上で呆然としていた。それを確認したグリフォンは銃を下ろした。

何を犠牲にしても特殊スナイパーを生け捕るのだと、ハイデルンは思っていた。だが、生粋の極道であるグリフォンが味方の命を優先させるとは、それもＦＢＩ捜査官の命を助けるなど信じられない。ここで命永らえたとして、ボスの居所を知る手段を失った彼は死んだも同然であるはずだ。だが、フルフェイスの奥で、彼の瞳から光は消えていなかった。その姿に、ハイデルンは胸を打たれた。

「お前……！」

グリフォンは応えず、ハイデルンに背を向け、リンチェイの無事を確認する。

「………（ちきしょう！　だけど、生きてる限りは終わりじゃねぇ。まだ、道は残ってる……！）」

全身を強張らせるグリフォンの後姿を見て、本当の強さとは何であるか、ハイデルンは、ふと考えた。それは、相手が誰であろうと立ち向かう勇気、そして、進退窮まったとしても折れない精神（こころ）。極道になってからは優男の外見が際立って印象が薄れていたが、中学生で不良（ワル）としての伝説を創った男だ。骨の髄まで極道なのだと感じた。

「お前、サクルを…スナイパーを捕えることが目的だったんだろ？　何で中国人を犠牲にしなかった」

「アイツは……オレにとってレオの再来だからだ」

ハイデルンは、まだ気にしていたのか、と思ったが、口にしたのは別のことだった。

「これからどうする？」

「知れたこと。ボスのアジトの場所は、だいたいの見当がついてる。時間は運次第だが、衛星で探知すれば必ず見つけられる」

「――――！　お前、そんなことをしたら……」

「ああ、わかってるよ。だが、退くことはできねえ。状況と将来を鑑みて、犠牲は止むを得ないと大統領も思ってるようだが…あの大統領は信用ならねえ。オレが死んだら、内戦になるようにしてやる。ビビり大統領がどうなろうと知ったこっちゃねえが、そのイスは、絶対ボスに渡せねえ！」

大統領の権力をボスが狙っていることを知らなかったハイデルンは、大蛇のルーフ上で姿勢を崩した。しかし、ボスとの戦争を匂わすグリフォンの言動に、ハイデルンは得心した。一息ついて、彼は宣言した。

「戦争だ。どれほど犠牲を出しても、必ずボスを討つ！」

「俺が案内するよ」

幻聴かと思ったグリフォンは、無言で声の主を見た。

「いい加減、うんざりなんだよ。ボスの側近に戻るくらいなら、死んだほうがましだ。俺はもう…普通に生きたいんだ。だから、お前に賭けることに決めたよ。お前なら、きっと、ボスを倒せる」

グリフォンは無言で応えた。側近はサディストやサイコな者ばかりだと思っていたが、そうではないことに今さら気がついた。側近は元軍人が多数を占め、有名な格闘家もいる。戦闘力に長けているからボスに目をつけられたのだ。初対面でボスの本性を見抜けた者は皆無だろうが、どうであれ断ることはできないだろう。自分以外の者の死も覚悟しなければならないからだ。

「お前は俺に何度も奇跡を見せてくれた。新たな伝説、世界一の街、死の偽装、そして今、この待ち伏せを真っ向から破った。いや、奇跡じゃないな。ボスの居場所をしゃべる唯一の男を失ってなお、あきらめていない、その強靭な精神。今の極道には失われつつある仁義と、誰が相手でも立ち向かう侠気（おとこぎ）。それを併せ持つ、本物の極道たるお前に、俺は心を打たれた」

絶賛されたグリフォンだが、まったく喜んでおらず、迷惑そうにため息をついた。

「……あんたも、オレを買い被りすぎだ。立場や生き方が違うだけで、勇気や不屈の精神を持ってる奴なんてごまんといる。あんたもそうだよ。それに、今のあんたにはわかるはずだ。勇気、侠気、仁義…まあ、仁義はあるか。ビビっても、誰かのために戦わなきゃならないときはあるな。けど、ボスには正常（まとも）な精神じゃ対抗できねえ」

「たしかにな。だけど、お前は人の心を揺さぶるんだよ」

グリフォンは、やさしく微笑していた。

「ったく、オレは今も不良（ワル）のままなのによ。ハイデルン…昔から、オレを見る、あんたの目は優しかったよ…あんたを信じる。案内してくれ」

そう言って、グリフォンは手を差し出した。その手を掴んだハイデルンは、思わず震えた。これほど魂がこもった握手を、ハイデルンは経験したことがなかった。

手を放すと、グリフォンは携帯を取り出して、メールを打ちはじめた。

『オレは今、ボスと戦っている。自力でボスを倒すつもりだが、オレが倒れたときは、みんなの力でボスを捕らえてほしい。CIMが矢面に立つが、ボスは必死で逃げようとする。だから、命の保証はできない。だが、命を懸けるだけの未来はある。ここでボスを逃せば、ボスの息子か、ボスの息のかかった者が大統領のイスに座ることになる。その未来だけは現実にするわけにはいかない。命を懸ける覚悟があるなら、ギャングスターランドに午前三時までに集まってくれ。

それから、ギャングスターランドに午前三時までに集まれそうな知人に声をかけてくれ。一万人は集めたい』

友人一〇〇人に一括送信した後、Mｓ' PD署長に電話し、常勤のCIM（内勤になった正規の警察官）約三万人を全員出動させるよう命じた。

従来、都市の人口に対し、数%は警察官がいるものだ。Mｓ' Cityは急激に発展し、人口の肥大化とともに警察官を必要としたので、グリフォンは組織の者で代用した。非常勤警察官である組織の者は一〇万人もいるが、ボスに密告する者が確実に出るために使えない。夜半に短時間で最低一万人を必要とし、正規の警察官だけでは間に合わない可能性があるため、一般市民にも声をかけたのである。

親友の死から一〇年、ハイデルンの協力を得て、グリフォンはボスと対峙できるところまで来た。この戦いに敗北できない彼は、堅気の人間にまで協力を求めた。それは、自分がボスに倒されても、大統領に退かせないための苦肉の策であった。

第六章

He have to live The Life
He was born to protect People
街はオレのために　オレは街のために

I

グリフォン一行はギャングスターランドまで、父たちが乗ってきたジェットヘリで移動した。一五分ほど飛行したとき、ギャングスターランドへいたる道が無数のヘッドライトで輝いていた。その光景は、まるで何匹もの龍が群がるかのようだ。近づくにつれ、歩道にも人が溢れているのが確認できた。すでに来場した者がいるであろう。これほどの人数を迅速かつ夜中に動かせる彼の影響力は計り知れないものがある。この分なら、予定時刻よりも前に一万人は集まるだろう。

明け方、四時までに、ボスのアジトを強襲する予定である。これは、隙を突くためではなく、ボスを確実に捕縛する準備に時間がかかるからで、グリフォンとしては今すぐに攻撃を仕掛けたいところだ。

グリフォンは、ギャングスターランド空港の責任者に電話し、大型の旅客機を一〇機チャーターした。彼は一機に一〇〇〇人の搭乗を考えており、二〇〇〇人分の席が足りない。その二〇〇〇人には、床に座って座席に掴まるなどで対応してもらうつもりだ。

運行スケジュールの早急かつ大幅な変更は不可能であり、一時間未満の遅れで済む便は空港に戻り、燃料の補給後に運行されるが、それ以上遅れる便はすべて欠航となった。大統領の承認はすでに得ていると言われれば、グリフォンの言葉なら信頼に足るのである。越権行為であり、ボスに勝るとも劣らない権力だが、発動する状況を彼は自主規制しており、これがはじめてだった。そして、最後であろう。

また、ダンテは軍に依頼し、ジェットヘリを借りられるだけ集めていた。警察官を中心に数時間で集まった人々とともに、先行してボスのアジトに乗り込むのだ。

「なあ、俺は何もしなくていいのか？　中も案内する」

ジェットヘリの中でも、ハイデルンは心配して、協力を申し入れてきた。しかし、実戦に参加させるつもりは、グリフォンにはない。無論、援護は必要だが、ボスや側近たちと対峙するのは、自分とリンチェイだけと決めていた。

「オレの構想じゃ、間取りを知る必要はない。そんなに言うなら、ライフルでオヤジたちと一緒に援護してくれ」

「まだ半分、二五人も残っているんだぞ。ふたりだけでどうやって戦うつもりだ」

「これを使う」

そう言って、スナイプに持ってこさせたのは、手榴弾のような投擲用の武器とロケットランチャー用の特殊弾であった。受け取ったハイデルンはじっくりと観察した。どうやら、はじめて目にする物のようだ。側近の半数はＵＳＡＦ（アメリカ軍）の最新装備を使用しているが、ハンドガン、ライフル、ロケットランチャーなどで、投擲兵器や特殊弾には関心がない。

それでも、特殊弾がどのような代物か、ハイデルンにはわかったようだ。

「閃光弾…か？　これで？」

「それは最新の、それも軍専用だ。着弾地点から五ｍ以内にいる人間の目を、瞼を閉じた状態でも一時的に失明させ、永久的に視力を衰えさせるほど強力だ。おそらく、ボスと側近とはエントランスホールで対峙することになる。どうせ、監視システムからは逃れられねえだろ？」

「まあ、探せば方法（穴）はあるだろうが、お前たちには時間がない」

ハイデルンの返答を、グリフォンはわかっていたように不敵な微笑を浮かべた。

「ならば、正面から乗り込むまでだ。極道の戦いは力と力のぶつかり合いだ。強い方が勝つ――ボスも解ってる。エントランスホールが戦場となるのは暗黙の了解。そこなら、五〇ｍ四方より広い間合いでは囲まれたりしないだろう。サングラスをかけていようが、これなら確実に目を眩ませられる」

「……いや、殺すつもりならともかく、逮捕となると、これだけでは厳しい」

「命を張るのは、オレとリンチェイだけでいい。絶対にボスを逃がさないために人を集めているだけだ。これは私闘だ。できれば、誰も巻き込みたくねえ」

やさしく微笑んだグリフォンは、ハイデルンの肩に手を置き、やや力を込めて掴んだ。

「やっぱり、あんたは優しいな。その気持ちだけで十分だよ」

そして、ようやく目的の人物が来た。Ｍｓ’ＰＤ署長のハガーだ。ハガーは大柄で、身長は二mを超え、全身が筋肉の鎧で覆われている。もうすぐ還暦を迎えるが、まだ黒く艶のある髪をオールバックにし、口ひげを生やしている。強面だが、現場一本で栄達した、たたきあげの警察官である。組織の息がかかった人物ではない。組織の者は非常勤であり、正式に警察組織に属してはいない。正式な警察官、警察学校を出ている者たちの将来を妨げるようなことをグリフォンはしなかった。

「お久しぶりです、グリフォン様。遅くなりまして、申し訳ございません」

「いや、こちらこそ。一〇年も、あなたには辛い思いをさせてきた」

「いいえ。グリフォン様の威光により、私は救われました。あれからずっと署長とし、任期を越えて街を守ってこられたことは誇りであります」

ハガーに対し、グリフォンはうなずいて応えた。

「オレは、これからボスを倒しに行く。万が一、オレが倒れたときのために、大包囲網を布く。あなたには、その総指揮を頼む。配置の方は父が考えているから、この後で確認してくれ」

「わかりました。それで今、現場を調整し、人員を把握しているところですが、どうも民間人に阻まれ、警察の者は三分の一にもとどかないかと存じます」

緊急呼集に応じられない者もいるのだろうが、グリフォンのファンの対応が迅速すぎて、警察署や家を出ても渋滞で間に合わないのである。ハガーが緊急呼集に応じられたのは、普段から準備しているからである。それでも、数km手前で車を停めて走ってきていた。彼が命じたことだが、休日であろうと、入院もしくは旅行でもしていない限り、緊急時には即時対応できるように、ハガーは努めていた。

いずれにせよ、一万人が集まればよく、正規の警察官は現場調整をできる人数がいれば十分なのだ。グリフォンは、人数は集まるのだから、民間人と調整し、一万人で包囲を布けるようにとハガーに命じた。了解したハガーは、緊張とともに姿勢をただした。彼が無表情になったからだ。

「ここからが重要だ。解っているだろうが、何万人もの人間に包囲されようと、ボスは絶対にあきらめない。前面に出るのはＣＩＭ…正規の警察官だが、ボスを捕らえるためには、全員犠牲にするつもりで臨むんだ」

「え？」

ハガーは、グリフォンが骨の髄まで極道であることを知っている。だが、堅気に対しては、形のみの礼儀を強要しても、優遇し、極道とは扱いが違った。それを同様に扱おうとする彼の真意がわからず、ハガーは動揺した。

「今回の件、手打ちにできないのは察してるな」

「はい。グリフォン様の貢献(おカ)が尋常ではありませんので、金銭ではもはや無理でしょう。ということは、取引ができない状況かと存じます」

「そうだ。でも、大統領とＦＢＩがミスした今、ひとつだけボスと取引できる条件がある。いや、つけ込まれるという表現が妥当か。それは、大統領のイスだ」

「そっ！　それは、いや…それですと……」

　動揺するハガーは、何を言いたいのか、自分でもわからなくなった。グリフォンは落ち着くように言い、話を続けた。

「作戦に堅気をいれるのは、大統領に退かせないためでもある。もっといいのがあるだろうけど、時間がねえし……ボスを目前にして、オレは……！」

　底光りするグリフォンの瞳が、考える気が失せてる、そう訴えているように、ハガーには感じられた。

「じゃなきゃ、堅気まで巻き込んだりはしない。彼らがボスと対峙するときには、オレは死んでる。集まった一万人全員死のうが、その責を死人（オレ）に全部かぶせりゃいいんだ。あんたが気にすることは犠牲じゃない。オレのためにボスを逃がすな、と彼らに告げる、その言葉と、ボスに逃げられることだ」

「……これは、あのときより、重いですな」

　落ち着きを取り戻したハガーは、その言葉とは逆に、信頼に足る口調で応えた。グリフォンは、ハガーが外見と同様、精神的に勁（つよ）いことを知っており、この任務に耐えられると信じていた。

「そうだな。でも、あんたならできる。よろしく頼む」

　ふたりは力強い握手を交わした。グリフォンは、その場を離れ、リンチェイを伴ってスタッフ用ビルの一室に入った。

「先生、こんばんは。こんな夜遅くにすみません」

　グリフォンは、恩師を呼んでいた。一時間以内にギャングスターランドへは来られないとわかっていたので、父に頼んで軍用ヘリを回させていた。

「こんばんは、グリー。あなたのためならいつだって駆けつけるわ。そちらは……！」

「リンチェイと申します」

「あなた、どこかで…いえ、彼は――！」

「さすがですね先生。一目で気づかれるとは」

「そりゃそうよ、ふたりとも問題児だったからね」

　エリーの表現に、過去の彼を想像したリンチェイは思わずふき出し、笑ってしまった。彼は苦笑するしかなかった。

「まあ、否定はしませんが……それより先生、先にコイツの治療をお願いします」

「止血して出血は止まっています。縫合と化膿止めをお願いします。闘えば傷口は開くので、痛み止めは要りません。痛みが状態を教えてくれますし、無我の境地に達するために必要です。それほど覚悟して臨まなければ、命取りになる戦いです」

　そう言ってリンチェイは上着を脱ぎ、肩に当てたガーゼを自分で剥がした。エリーは手際よく処置を済ませた。裁縫が趣味の彼女は、一流外科医並みに縫合が上手であった。

　次に、治療のためにグリフォンは服を脱いだ。その傷だらけの上半身を見たリンチェイは無言だった。街のために生きてきたというのは、過言ではなかったことを物語っている。そして、フットワークと瞬発力を最大限に活かすため、必要な部分を重点的に鍛えた肉体だと思った。力を込めたときだけ、クジャクが羽を広げるように背筋群が拡大する。生まれ持ったパンチ力があるから、分厚い胸板より、腕を速く動かす力と、どんな態勢でも腰の入った攻撃をするための強靭な足腰を必要とした。ヘビー級並みの破壊力と異常なまでの瞬発力を細い肉体に併せ持つ、理想の肉体にいたったのだ。

　……ブルース・リーのような見事な肉体だ…あの爆発力は、この肉体があればこそ……

「……！　これ、砕けた骨の欠片が肉に食い込んでるじゃない……まあ、あなたのことだから、事が終わるまで手術を受ける気はないわね。しかし、よく、平気な顔してられるわ」

　エリーは患部に直接、麻酔を注射した。

「局部麻酔としては最高だから、ケガが悪化しても、周辺に新たに傷を負っても感じないから、その点に注意してね」

「はい……（耐えられて一撃だろう。だったら、痛みは必要ねえ）」

　ボスのアジトに乗り込めば、肉体の限界に挑む戦いになるであろう。リンチェイは無我の境地に至る術を叩き込まれ、実戦で体得していた。極限まで神経を研ぎ澄ますために痛みは感じるべきだが、グリフォンは意識しても体が強張ってしまう。彼に自覚はないが、何年も死を覚悟してきたことで、肉体を支配できるようになっていた。ボスへの畏怖を克服できたとき、彼は、自分の肉体を完全に支配するだろう。

「じゃあ、リンチェイ。彼にテーピングして。強く巻くのは、非力な私じゃ無理だから」

この場にエリーを呼んだのは、治療のためだけではなかった。他人より気心の知れた相手の方がよく、リンチェイに逢ってほしいと思っていた。

「よく似てるわ。本当に。あの子が戻ってきた気がするわ」

「でしょう。彼はＦＢＩの捜査官なんですよ。アイツも、法と秩序をって言う堅物じゃないけど、人のためになる職業を選びたかったんだと思います」

リンチェイは、ふたりの思い出話を黙って聞いていた。

「レオのこと、ずっと想っていたのね。どんどん大きくなっていくあなたと、街を見ているうちに、気にならなくなってたけど、父親の組織に入るなんておかしいと思ったのよ。すべては、この日のためだったのね」

父親という言葉に、グリフォンは俯いた。彼の顔から表情が消えたのを見たエリーは、優しく語りかける。

「怖いの？　あなただって怖いよね。あんな恐ろしいことができるなんて、私だって思っていなかったわ。そんな相手と戦う覚悟は、なかなかできないわ」

彼の背を見ているリンチェイは、恐怖から俯いているのではないと感じた。何となくだが、自分を気にかける理由からだとリンチェイは思った。

「……死ぬことは怖くありません。アイツの温もりとあのときの感触が、この手に残っているんです……」

　そう言った彼は、右手を凝視した。

「私も、あの子のことはひっかかっているわ。でも今、あのころに戻れても、きっと何もできないわ。ふたりの間に何があったかはわからないけど、あなたは精一杯やったと、彼も思っているわ。正直、あなたが怖いと思っているなら、行かないで欲しい。大切な教え子を失いたくないわ」

　沈黙を返す彼から、戦う決意を、エリーは感じた。

「これが後悔なのかわからないけど、選んだ道が正しいと確信できなかった。本当は、あのとき……」

　彼は目を閉じ、右拳を固め、左の手のひらで包んだ。その姿を見たリンチェイは、無言で、彼の肩に手を置いた。

「お前に出逢えて良かったよ、兄弟(Buddy)。お前のおかげで、オレは、自分の選択を信じられる」

　そう言って、彼は、リンチェイの手に自分の手を重ねた。

「グリーを頼むわね、レオ…リンチェイ。ふたりとも、無事に帰ってきてね」

　リンチェイは無言でうなずいた。ボスを倒すことが、以前から彼が望んでいたことでも関係ない。エリーに託されるまでもない。兄弟が背を気にせず闘うために、彼を全力で支えることをリンチェイは心に決めていた。

　グリフォンはふたり分の着替えを用意しており、リンチェイには中国衣装を渡した。彼は白いスーツに襟が長く若干の黒みを帯びた赤いシャツで、心情を体現したようないつものホストスタイル。つまりは非防弾性で、これが彼の流儀なのであった。そして、リンチェイには白を基調とし、紫の糸で龍を描いた袍衣であった。辮髪姿のリンチェイにはよく似合う。さらに、彼はエクステも用意していた。リンチェイの辮髪は腰まで伸びておらず、エクステで足りない分を補った。


　午前二時三〇分。予定よりも早く、ギャングスターランドに一万人が集まった。彼らを前にして、グリフォンはスピーチを行なった。

「この作戦、みなさんに危険が及ばないように努めます。しかし、私がボスを倒すことができなかった場合、必死で逃走を試みるボスは、みなさんに危害を加える可能性があります。その場合、矢面に立ってしまった方は命の危険があります。覚悟を決めた方だけ、搭乗し、任務に就いてください」

　ここに集まった人間は即座に肯定した。ただし、大半が任務の危険度を認識してはいない。しかし、死者が出ても、生き残った者は、グリフォンを非難することはない。歓声が止むのを待って、彼は口を開いた。

「今日まで私を支持してくださり、ありがとうございます。私は極道です。力を背景とした街づくりや、表立ってなくとも支配的な体制に、心から賛同をいただけるとは思っていません。ですが、私に明日があっても、それを変えるつもりはありません」

言葉を切り、グリフォンは目を閉じた。深く呼吸して姿勢をただすことで、彼は精神を整える。

「街は私のためにあり、私は街のために生きてきました。もし、明日から私がいなくなっても、街には未来があります。そのときは、みなさんの力で支えていって欲しいと思います」

グリフォンが頭をさげると、盛大な拍手と喝采が沸き起こった。この場に集まった者たちは、彼に心酔している。国民の中には、彼が言ったとおり、極道であることと極道的なプロセスに反対な者もいるが、為政者として政府よりも優れていることは認めていた。

背を向けた瞬間に、グリフォンの顔から微笑が消える。彼がリンチェイに、目で行くぞと伝え、リンチェイも目で応えた。このとき、彼が拳を固めていることを、リンチェイは誤解した。それは、ボスを倒すという強い意志の表れではなく、ボスへの畏怖により、肉体が震え出すのを抑え込むためであった。

グリフォン、リンチェイ、ダンテ、スナイプ、ハイデルンを乗せた軍用ジェットヘリが離陸したのは、午前二時四五分であった。

Ⅱ

幹部が受け持つ縄張り(しま)ごとにボスは豪邸を構えており、本拠はロスにある。しかし、Ｍｓ’Ｃｉｔｙは例外で、グリフォンに知られるため、ここには拠点をつくれなかった。よって現在、ボスはD.C.郊外にいた。Ｍｓ’Ｃｉｔｙとは三〇〇㎞以上離れているが、自家用ジェットで二〇分程度である。どの邸宅も広大な土地の中にあり、所有権は国か他人名義になっており、邸宅前には一㎞の滑走路がある。建物周辺には何もなく、一番近い道路からもほとんど見えない。世間から隔離された場所に住み、世間に存在を知られることなく生活する。これは、マフィアのボスが安全に生活するための方法だと、彼が示唆したことであった。

グリフォンたちの乗ったジェットヘリは、玄関前のエントランス上五ｍのところでホバリングした。彼とリンチェイは、ワイヤーロープを伝って地上に降りていく。

「西欧っぽいが、ものものしい造りだな。まるで万魔殿(パンデモニウム)だ」

ダンテが率直な感想を言い、グリフォンたちも同じことを感じた。

「ボスに相応しい家だ。オヤジ、一発かませ。挨拶代わりだ」

ダンテがヘリから身を乗り出し、ロケットランチャーを構えている。すでに侵入を感知され、ボスは側近とともに迎撃態勢を整えている段階だろう。宣戦布告の意味で、ロケット弾を玄関にブチ込んだ。

煙と粉塵が舞う玄関を、グリフォンとリンチェイはくぐった。

西欧風の広大なホールは格式の高さを素人にも感じさせ、絵画や花瓶など高価な美術品が飾られている。二階部分は吹き抜けており、奥の左右にある階段は弧を描いて三階へ続いている。その先、エントランスホールを一周する三階廊下にはボスと側近、そして人質にされた鳳花(フォンフォワ)、グリフォンの母、アインとジュードがいた。エントランス付近からボスや人質のいる三階廊下までは直線距離で三〇mはあり、閃光弾を直視してもフォンフォワたちが視力を失うことはない。

アインとジュードには包囲網の指揮を執ってもらいたかったが、ボス側に気取られるので止めておいた。その判断は正しく、コンタクトを試みていれば、今頃、ここはもぬけの殻だったに違いない。すでに臨戦態勢が整っている。

「鳳花！」

叫んだのはリンチェイで、グリフォンは冷静だった。むしろ、まったく感情を表情に示さないのは、極道らしい冷徹さであった。否、実は精神が高揚しだし、極道の貌(かお)に変わったのだ。

リンチェイが当日のうちにグリフォン(自分)の生存をバラしたことで、フォンフォワと彼の母の拉致を、ボスが試みることは当然であった。これほど早くボスと対峙できるとは予想外だったが、大統領の権限(バックアップ)があれば、ふたりを拉致してこの場に連行することが可能だろうと、彼は考えを修正していた。

　リンチェイにとっては悪夢であり、大きなミスだが、グリフォンには違う。この状況こそが理想形であり、ボスを倒すことが可能な未来が現実となったのだ。工場跡地でボスに待ち伏せさせたのは、戦略よりも重視したものがあった。彼は、不敵な笑みが浮かんでくるのを抑えていた。今、自分はボスを怖れていない。

「まさか本当にワシの前に現れるとはな。この目でお前を見ても信じ難いわ」

　リンチェイは冷静さを取り戻すことができず、駆け出そうとした。すかさず、グリフォンはリンチェイの腕を掴み、力強くひき止めた。

「これでいい……ボスが堕ちた。これが、オレの望んだ未来だ」

　妹を人質に取られ、精神を安定させられないリンチェイは、グリフォンの真意を理解できなかった。

「何？　そんなことはいい。妹が！」

「勝手に動くんじゃねえ！」

　掴まれた腕を振りほどこうとしたリンチェイを、グリフォンは激しく叱咤した。理性を欠いているリンチェイはビクリとして、怯えた目で彼を見た。

「いいかげん、理解しろよ。お前は事態を悪化させるだけだ。ここからはもう、一手ミスれば取り返せねえ！」

グリフォンが伝えたいことを理解できたのは、ダンテとハイデルンであった。

……堕ちたか。マフィアなら脅すことと人質を取ることは同じだ。精神的に追い詰めた…あんな、力ずくのやり方で、この状況を作り出すとは、俺の息子とは信じられん。いや、極道の戦いとはこういうもので、あいつの本性が極道そのものなんだろうな…これで息子の方が有利…だが…エリン、助けられないときは…俺を怨め……

だが、この場にいないダンテとハイデルンも、グリフォンの真意には気づいていない。ハイデルンは、ボスとのつき合いは長いが、それだけでは見えない事象の本質がある。説明すれば理解はできても、ボスを知った上で、ボスを倒すことを考えていた者にしか、彼の考えに到達することはできないだろう。現実に人質を取ることが、極道というくくりではなく、ボスがそうすることが何を意味するのか。いばらの道を選んだのは、このための伏線であった。それは、ボスを精神的に後退させ、直に相対したときに、グリフォンが気圧されて動きを封じられないためであった。

ボスは嬉しそうに笑い、得意げに語りはじめた。

「お前が生きてると知ったときは、このワシも動揺したわ。確実に抹殺するために半分近くも側近を送り込んだが、返り討ちにされるとは……お前は——ワシ自ら手を下さねばならんな」

ボス当人も、自分が普段とは異なる精神状態であることに気づいていない。ボスは多弁ではない。ボスは語らずとも、尋常ならぬ威圧感で相手に意思を強要することができる。実際に人質を取り、グリフォンたちの動きを封じたことで、ボスらしくもなく安堵し、優位を誇ろうとしている。ボスを前にしていれば、ハイデルンもすぐに気がついたであろう。ボスへの畏怖を感じないことに。圧倒的な恐怖を覚えないことに。肉体と精神をどれほど鍛えても克服できそうにないボスの怪物めいた圧力を、一時的にだが消すことができた。

「せっかく、ふたりを捕えた経緯を話してくれるんだ。深呼吸して落ち着け。精神を整えろ。そして、ボスだけを見てろ。絶対に捕まえるという意志を見せつけろ！」

グリフォンは、リンチェイの胸を叩き、その顔をボスに向けさせた。

「ＦＢＩから連絡を受けたとき、お前の生存を信じられなかったが、念のため、お前の人質になるような人物を押さえに回ってよかったわ。あと数時間遅れていたら間に合わなかった。さすが我が国の権力は偉大だ。クククッ…それが、もうすぐ完全に我が物となる」

側近から連絡を受けたとき、はじめボスは信じなかった。しかし、思い起こせば、グリフォンは頭ではなく、心臓を狙うように頼んできた。心臓なら、映画などで使われる道具で死を偽装することが可能であり、今の物は精巧(せいこう)だ。命中精度を優先し、威力の低い銃を使用しているため、防弾性のインナーでも着ていれば十分に弾丸の貫通を防御できる。五分後には、ＦＢＩからの密告をボスは信じていたが、グリフォンの居場所を探る捜査力は有しており、取引に応じる気はまったくなかった。そう、ＦＢＩは絶好の機に潜入捜査官を送り込んでくれた。大量殺戮の代償に見合ったものは、大統領のイスしかない。一〇年前、彼に従い、公的に引退したときから、ボスは表社会の支配を考えていたのだ。まだ数年はかかるとみていたが、この状況なら、彼さえ倒せば手に入る。

ボスは大統領に連絡し、グリフォンの母親と恋人らしき人物を探し出すように命じた。この依頼を受け、実行した後、大統領はグリフォンとコンタクトを取った。彼に真実をつかれて絶句したのは、そのためだ。彼がこの状況を望んでいると大統領が知っていたとしても、無断で実行するのは、米国の大統領としてあるまじき行為である。現大統領の性格を把握していた彼は、そうするだろうと期待していたが、電話のときに冷淡な態度を取ったのは予見したからではない。大統領に言った言葉は彼の本心であり、たとえ人格者であっても、大統領が極道と馴れ合っては世に示しがつかないことは当然である。

ボスは、表情こそ緩まないものの、得々とした雰囲気で話し続けている。あと何時間か遅れていれば、香港からの足跡が消えていた。そして、大統領でなければ、拉致してから出国するまでに時間がかかり、今、この場に連行することは不可能であった。大統領の権力を自分の物であるようにボスは話しているが、グリフォンとリンチェイにはどうでもよく、聞いているフリをしているだけだった。

「お前には理解できないかもしれないが、これでいいんだ。ボスを倒すためには、いばらの道を行くしかない。これが——オレが見ていた未来だ」

落ち着きを取り戻したリンチェイは、冷静に友の言葉を聴いていた。もし、自分が友の考えに従って行動していたら、低度の危険でボスに辿り着けたかもしれない。何より、大切な人たちを人質に取られずに済んだかもしれない。友の言うとおり、他に方途がないとしても、どこまでも自分を信じて受け入れる友に、リンチェイは仁義という友情を身に深く、刻み込むように感じた。

「……お前！　俺は…俺は……！　言葉がない」

「いらねえよ、兄弟」

グリフォンは笑った。兄弟という言葉に万感の想いを込めて。それをリンチェイも理解した。心を通わせることができる友に対し、多くの言葉は要らない。兄弟という言葉だけで、無限に想いが伝わる。

「いいか、兄弟。オレたちは人質を無視してボスを捕まえると見せかける。そうすれば、ボスは逃げ切るために、人質を手放すしかなくなる。その際、ふたりを殺そうとしても、アインとジュードが身を挺して守る。だから、お前は、合図したらボスに向かって走れ」

「……わかった。言うとおりにしても、ボスは皆殺しにする気だ。それなら、助けられる可能性に賭ける」

そう答えつつ、リンチェイは妹を含め、人質を助けられない覚悟を決め、ボスを見据えた。

……恐ろしい男だ。これほど酷薄さが滲み出る人間は、あのロシアンマフィア以外見たことがない。でも、人間を超える恐怖を持っているようには見えないな。コイツはかなりボスを意識しているが……

リンチェイは、ボスの近くに一〇年以上もいるグリフォンが、ただ気にしすぎているだけだと考え、自分がフォローしなければと強く感じた。

「最期だ、時間をくれてやる。親子、兄弟、恋人同士、少し話すがよい」

フォンフォワは身も心も震えており、話せる状態ではない。それでも心が折れずにいられたのは、グリフォンの母と一緒だったからだ。それは彼の母というだけでなく、アメリカで最も恐ろしいマフィアに拉致されても、微塵も恐怖を表に出さない勁(つよ)い人であった。

「愛する息子よ、解っているわね」

エリンは厳かに告げた。茶色の髪を肩のあたりで揃え、形の整った眉、筋のとおった高い鼻、瞳には意思のひかりがともり、その顔立ちに凛としたものを感じさせる女性であった。

「街はお前のためにあり、お前は街のためにいる。お前が命を懸けるのは、わたしたちのためじゃない……」

数瞬の沈黙を先立たせたエリンに、躊躇いがあったようだ。しかし、彼女は言葉を続けた。そのとき、彼女の顔からは表情が消えていた。

「お前の命は街なのよ。でも、お前が死んでも街はある。たとえ死んでも、お前は、役目を果たさなければならない」

　こんなこと、親なら言いたくはない。だが、息子は街の人に敬意を払わせている。その代償が命になっても、当然だと母親は常々感じていた。

「わかってるよ、母さん。でも、母さんとフォンフォワは街の一部だ。アイン！　ジュード！　こうなった以上は、オレのために死ねよ」

「Ｙｅｓ，Ｙｏｕｎｇ Ｍａｓｔｅｒ（かしこまりました）」

　フォンフォワとグリフォンの母親を、命を懸けて守るように指示されたアインとジュードは嬉しそうに微笑んだ。命とひき換えてでも、グリフォンの役に立てるなら、ふたりは本望だった。

　ボスが手をあげると、側近たちが動いた。グリフォンとリンチェイ、側近たちは戦闘態勢に入り、嵐の前の静けさのような静寂が満ち、戦場特有の空気が広がっていく。

「オレが道を開く。兄弟は、まっすぐボスへ」

「任せろ、兄弟」

　側近たちがふたりに銃口を定め、まさにボスが手を下ろす瞬間であった。リンチェイがグリフォンの合図とともに全力で駆け出す。

　ボスの手があがったまま、動かない。ジェット機が推進するような、かすかな音が響いた刹那、爆発音が谺（こだま）した。ホールの中心が発光し、強烈な光が瞬時にホール全体を包んだ。ヘリから見ているダンテたちには、家自体が発光しているように見えた。

　目をつむり、瞼の前で両腕を交差して光を防いだグリフォンとリンチェイ以外、一時的に視力を奪われた。屋内でサングラスをしている側近は数人だが、彼らも視力を奪われた。これは、一時的に戦闘力を奪う防衛的なものではなく、殺戮のための攻撃的兵器であった。

グリフォンは閃光手榴弾をいくつも側近に向けて投げた。完全に視力を奪うためだ。マグナムでちまち倒していれば視力が回復される。マシンガンや手榴弾では、死んだように見えて中途半端に生きている者の見分けがつかず、反撃される。それらを踏まえ、左右に展開した側近の視力を確実に奪った後、マグナムで殺せるだけ殺すつもりだ。

幾度も強烈な光に目を灼かれ、重い銃撃が谺するたび、ボスは怯み、精神的に後退させられていたことを、ようやく意識した。グリフォンの銃の腕はたしかだ。それもマグナムであり、当たれば、まず助からない。目が見えないことの不安から、いつ自分が撃たれるのかと恐れた。そして、視力が回復したとき、階下にリンチェイの姿をボスは見た。腕がふれなくてもリンチェイは俊足であり、厳しい修行で培った平衡感覚で目をつぶっていてもまっすぐ走ることができた。

「ゴーレム、レムナント、ここは任せた。オーディン、ワシと来い！」

No.1とNo.4に現場を任せ、No.2を連れてボスは逃げ出した。グリフォンを視界に入れていては、精神を立て直せないことをボスは理解している。ここまでは、彼の想定したとおりに事態は展開した。

No.1のゴーレムは、本名ではなく、外見を表している。二mを超える大男で、アニメの世界から出てきたような肉体だ。キングサイズのダークスーツが盛りあがるほどの筋肉である。だが、人目をひくのは大きく武骨な顔で、特に額と頬だ。およそ人とは思えないほどに肉が隆起している。タコができては潰れているのだ。肌の色が変色し、土気色と化していることから、ゴーレムと呼ばれた。

№４のレムナントは、細面で黒髪をポマードでなでつけ、歪んで見える笑みを浮かべていた。フォンフォワの首に腕を回すのではなく、髪を掴んでいることに象徴されるように、サディストであった。

疾風の如く階段を駆けあがるリンチェイに、ゴーレムとレムナントと呼ばれた側近が制止の声をかける。同時に、アインとジュードが自分たちを押さえつける側近のつま先を踏みつけ、自由になろうとする。

「止まれ！　女を殺すぞ！」

リンチェイは微塵も躊躇わない。全力で階段をあがっていく。レムナントがフォンフォワに向けて引き金をひこうとしたとき、自由になったアインがレムナントに体当たりを喰らわせた。

重い銃声が響く。アインを逃した側近がマグナム弾で頭部を吹き飛ばされ、さらに銃声が響き、ジュードを押さえつけていた側近の肩がなくなった。

「そいつを行かせろ！　お前らの相手は、オレがしてやる！」

ホールの左右に展開した側近を無力化したグリフォンは、階下付近まで来ていた。

ジュードは自分を押さえつけていた側近を投げ、階下に落とした。

リンチェイは、広東語でフォンフォワにグリフォンが助けると告げ、ボスが消えた廊下へ入り込んだ。

「もう人質は必要ねえだろう。それとも道連れに死ぬか？」

傲然とグリフォンは言い放つ。無論、本心ではない。脅しだが、人質を顧みない一連の行動を目のあたりにした今、彼の言葉を信じるだろう。

「……………」

一桁ナンバーの側近は、さすがに即断しなかった。本気で人質を無視するなら、どちらかを殺すだけの隙はあったからだ。

「解放しても、ボスが逃げ切れば同じことだ……ッ！　それ以上、あがって来るな！」

話しつつ、グリフォンは中二階の踊り場まであがっていた。

「お前らは、オレを足止めできりゃいいんだろ？　ケンカなら受けるぜ」

ゴーレムとレムナントは、顔を見合わせ、判断しかねている。しかし、グリフォンは考える暇を与えない。マグナムを天井に向けて撃ち、轟音でふたりの注意をひく。

「おい！　オレは極道だぜ、待つとでも思ってんのか？」

意外な申し出に戸惑っただけで、これほどの好条件はない。ゴーレムとレムナントは、グリフォンの申し出を受けることにした。このまま撃ち合えば、彼を殺すことはできるが、自分たちのうち、どちらかは確実に死ぬ。だが、ケンカならボスが逃げる時間を稼いだ上に、自分たちも安全だ。

　ゴーレムが母親を解放した。レムナントは、あとで可愛がってやると耳元でささやいて、フォンフォワを解放した。

　今にも泣き出しそうなフォンフォワを抱きしめたグリフォンは、すまないと一言だけ詫びた。ふたりを守るようにして階段を下りた彼は、外でオヤジが待ってる、と母に告げた。これが今生の別れとなるかも知れず、母は肉体で記憶しようとするかのように、息子を強く、長く抱きしめた。

「愛する息子よ…この日のために耐えた日々を無駄にしないよう、精一杯、闘いなさい。お前の武運を祈っているわ」

　息子は言葉では答えられなかった。しかし、母は、瞳と表情から彼の想いを受け取った。

　アインとジュードに、ふたりを連れて玄関から出るように指示すると、ゴーレムとレムナントと相対する。

「さあ、やろうぜ」

　闘いに興じようとするグリフォンに、ゴーレムは疑念を抱いていた。ボスを追って行った中国系アメリカ人の男が強いことは知っている。だが、ボスより強くても、ボスを知らぬ者は、闘いにおいて不利だ。今のボスは精神に失調をきたしているが、追い込まれれば、本能が普段の精神を呼び起こす。そうなれば、誰も、彼でも単独でボスには勝てない。どうしてふたりで追わなかったのか。それに、自分たちと闘い、わざわざ時間のかかる方法を取るのか。ゴーレムは、彼の真意を測りかねた。

……もはや、ボスが逃げることはできないのでは？

グリフォンは仁義を大切にする極道だと、ゴーレムは知っている。ここでボスを取り逃がすことの代償を彼は知っている。多くの人間のために、自分にとって大切な存在を犠牲にしても、彼はボスを倒すことを優先する。その彼が自分自身でボスを追わないのは、すでに退路を断ってあるからだという考えに、ゴーレムは確信に近いものを感じた。

ゴーレムの想像は当たっているが、他人にはわからない部分がある。リンチェイには捕まえると言ったグリフォンだが、いざ向かい合えば、やはり、自分にはボスを殺すことしかできないだろう。リンチェイなら違う結果を出してくれる、そう彼は期待して、リンチェイに託したのだ。

Ⅲ

グリフォンは、好戦的なレムナントと相対した。紳士的に一対一で闘いに応じてくれたというより、彼より自分の方が強いというレムナントの自負である。また、この男にはチームプレーという概念がない。

一桁ナンバーの側近とまともに闘うのは、これが、はじめてであった。ただ肉体と技に磨きをかけているだけではなかった。そのことに、グリフォンは気づかなかった。

自分以上の存在と殺し合うのは、実に十数年ぶりのことでもあった。スタイルも似通っており、ジャブやローキックを利用して距離を計り、相手の動きを封じようとする。互いに、攻撃力は同等であった。防御力も同等であり、アームやショルダーブロックを基本としているが、根本的な部分で違った。ボクシングスタイルのグリフォンは、空振りや受け流しで相手の態勢を崩させるのに対し、レムナントは防御と攻撃を同時に行う。徐々に、その差は現れた。

「惜しいな。俺たち（上位五名の側近）の誰かとやっていればな」

まだ痛めたわけではないが、レムナントはローキックをガードするとき、膝を合わせてくる。タイミングもほぼ掴まれており、これ以上放つと足を痛めるどころか壊される。フットワークを奪われれば、リズムも失う。グリフォンはローキックを放てなくなった。

レムナントは嵩にかかって攻勢に転じた。だが、これはフェイクであった。真の狙いは、胸骨の痛みを思い出させること。ゴーレムは気づいていないが、レムナントは見抜いていた。

「あんた、階級も闘い方も中途半端だな」

グリフォンは、今までの経験と、実際に手合わせした短い間で、レムナントの底の浅さを見抜き、一気に決着をつけるつもりだ。相手の弱点を狙うのは常套手段だが、極道とは手負いの獣と同類であり、敵を倒すのに己の体を顧みたりはしない。まして、その弱点が急所であれば当てにくい。弱点のみに的を絞るのは、精神的に後退したことを示す。精神的に相手を上回ろうとするのが猛獣なら、弱点すら武器になる。

「それに負けるお前の方が、ドンキホーテだろうが！」

怒号したとき、レムナントは強烈な痛みを脛に感じた。相手の表情が変わった瞬間、反射的にグリフォンは渾身のローキックを放っていた。怒りで判断力が鈍ったレムナントは反応が遅れ、まともに受け、激痛に膝をついた。そこへ彼は悠然と近づき、腰を掴んで一息にレムナントを持ちあげた。太腿を掴まれて抵抗され、彼はパワーボムから強引にパイルドライバーに変え、互いの体重を乗せて、レムナントを頭から床に落とした。レムナントの鍛えあげられた首を折ることはできなかったが、頚骨付近に甚大なダメージを負わせ、戦闘不能に追い込んだ。

「相変わらず、豪快な技が好きだな」

グリフォンが見栄えのする技が好きで極めようとしていることを、ゴーレムは知っていた。彼は何も答えず、凍てついた表情と瞳をしていた。そして、マグナムを取り出した彼は、足元でもだえ苦しむレムナントの頭を吹き飛ばした。

グリフォンが№.4を斃したとき、リンチェイは廊下の端と端でボスたちと撃ち合っていた。同じベレッタの最新モデルを使用している三人は、ほとんど同時に弾を撃ち尽くした。リンチェイは弾を込めることはせず、廊下に飛び出した。

「やれ、オーディン」

ボスは落ち着いていた。この男もまた、包囲網の存在に気づいていた。ゆえに、リンチェイは間取りを知らなくても追うことができ、銃ではなく、ボスは素手での勝負を挑んだのだ。そして、ボスに包囲網の存在を気づかれたことに、リンチェイは気づいていない。リンチェイは真っ向から勝負するつもりでいた。

流水のように滑らかな動きで、オーディンはリンチェイに近づく。技においては№.1と謳われる側近である。まっすぐ肩口から飛び出すようなジャブから、同じ場所を打ち抜く右ストレート。見えにくく、避けづらい攻撃であり、体の戻りが早く、連続で放たれ、容易に反撃ができない。少しでも距離が空くと威力より疾さを極めたローキックを放たれ、上体がほとんど動かないために予測しにくい。

はじめて側近と、それも二番目に強い者と闘うリンチェイだが、冷静に対処していた。そして、自分の防御力が相手の攻撃力を上回ると感じたときであった。

――！　何だ？　この感覚…背筋が凍る…いや、体がおかしい……！

いつの間にか、ボスがオーディンの背後にいた。そのボスの瞳を見た瞬間、リンチェイの動きが止まった。肉眼では捉えられないボスの気勢、圧倒的な重圧にリンチェイの精神は一瞬で圧し潰された。かろうじてオーディンの攻撃をリンチェイは防いだが、間合いを詰めてきたボスに反応できず、ミドルキックを脇腹に受け、壁に叩きつけられて意識がとんだ。

第七章

Griffon faced The BOSS, so

He will be The real Mafia

心を蝕まれても信念を貫き　積み重ねたものは心身に宿り

過去と向き合うとき　己に打ち克つ力となる

I

広大なエントランスホールで、金髪の青年と巨躯の男が闘っている。金髪の青年は、人体で表現しうる最高の芸術というべき華麗な動きで、自分より三〇㎝も背が高く、横幅は倍以上ある巨躯の男を圧倒していた。

二m前後の遠間から、グリフォンは足技でゴーレムを攻め立てている。彼は圧倒的なパワーの差を感じていたが、それで踏み込みが甘いわけではなかった。自分のスピードについて来られるか確かめていた。打撃は面白いように当たるが、まったくダメージはないようであった。打撃部位（ヒッティングポイント）を外しての打撃では効果が薄いと解っているが、これほど硬いとは想像を絶している。革靴のつま先には鉄板が仕込んであり、皮膚に当たっても血が滲まないのだ。

状況を打破するため、グリフォンは前に出る。瞬時に間合いを詰められたゴーレムは反応できず、強烈なミドルキックを太腿に受けたが、小揺るぎもしなかった。しかし、彼はまったく動じない。先ほどの攻撃から、ゴーレムがそれ以上の攻撃に耐えうる人間離れした肉体を持っていることを予想していた。顔だけではない。衣服に隠れた全身に変色したタコがある。連日、木製のバットで殴らせ、肉体を強化している。圧倒的な筋力も維持し、一撃必殺の打撃、技より力でねじ伏せることを追求している。さらに、投げ、関節技、寝技の修練も積んでいる。関節技を使えない彼は、打撃によって鎧のように強靭な肉体を砕かない限り、勝ち目がない。

唸りを生じて迫る右フックをダッキングで躱したグリフォンは、一瞬で跳躍すると同時に右腕を振って、動きの止まったゴーレムの首に叩きつけた。超人的な瞬発力を有する彼のパワーラリアットは、ゴーレムの巨体を一回転させて床に打ちつけた。そして、彼の脚が弧を描いて高くあがり、勢いよく落下した。ゴーレムの額に踵が落ちるはずであったが、舞いあがったのは人血ではなく、大理石の破片だった。

「常人なら、首が折れてるぜ」

「よく言うぜ。お前も常人なら、片腕でスーパーヘビー級を浮かせて回転なんて芸当はできねえ。やっぱり、組み合わせを間違えたな。お前より強い中国野郎なら、特殊な関節技で、俺に勝てたかもしれねえ」

たがいに不敵な笑みを浮かべ、言葉を交わす。

「わかってるよ。でも、あんたにリンチェイが負けたら、殺される。が、ボスは殺さない」

「……そうだな。もう一度言うが、お前じゃ俺に勝てない。十八番（オハコ）のヘッドバットは、俺には届かないぜ」

断言したゴーレムは、無造作に間合いを詰めてきた。ゴーレムもまたグリフォンを観察していた。鎧のような肉体を砕くほどの打撃があるか、その片鱗を見せるか。あるいは高度な関節技を隠し持っているか。それが彼にないと確信したゴーレムは、自分の力に絶対の自信を持った。

余裕の表情を浮かべるゴーレムの前で、グリフォンは人間の限界を極める動きを見せる。掌を突きだし、ゴーレムの視界を塞ぐ。瞬きする間に、彼はゴーレムの眼前から消える。側面に移動されたとゴーレムが錯覚するほどの神速で、その背後を彼は取っていた。

プロレスラー顔負けの迅速さで、グリフォンは投げ技をかけた。ゴーレムの両手を後ろに回し、右手首を左手で、左手首を右手で思い切りひくと同時に、巨体を瞬時に持ちあげる。ゴーレムは抵抗する間もなく体を浮かされ、そのまま後背へ、首から落とされた。これは彼が考案したオリジナルの投げ技、グリフォンスペシャルである。この技ならば、瞬発力のある者が、反応の鈍い者の虚を一瞬でも衝ければ、技が確定する。

横っ面にローキックを叩き込もうとグリフォンは反転したが、ゴーレムが足を取ろうとしてきたので、後方に跳び退(すさ)った。

「化け物だな。人間って、こんなに強靭になれるのかよ……」

「……お前こそ、さっきのパワーラリアットといい、今の神速の投げ技といい、人間じゃねえよ。プロだって、俺を浮かせたり、投げたりできる奴はいねえ」

坂の上から転がる大岩のような敵に覚悟を決めたグリフォンは、表情を凍てつかせる。

……ほう、いい面だ。俺やボスじゃなきゃ、怯むぜ……

相手の踏み込みに合わせ、グリフォンも踏み込んだ。手を伸ばせば、ゴーレムが彼の肩に手が届く距離である。ゴーレムが腕を伸ばすが、圧倒的な速度差で彼が右フックを頬に叩き込んだ。打撃の衝撃で的がズレ、ゴーレムは修正するが間に合わない。そして、ゴーレムが修正できたときには腕を殴られ、再び、掴めなかった。今度は左腕を伸ばすが、強烈なアッパーで顎をあげられ、標的を見失い、ゴーレムは空を掴んだ。

……ものスゲェ硬い拳だ。一点に力を集約できる技術もある…骨にまで感じるのははじめてだな。だが、それだけだ……

――！　熱いぜ…体が震える……コイツは強え！　その鎧、オレがブッ壊ス！

時間軸が、両者の間で大きくズレていた。すべてグリフォンが先手を取り、強打を連打し、手を伸ばせば届く距離で、十数秒もの間、ゴーレムに何もさせなかった。だが、数十発当てても、鎧にヒビすら入らない。

「もらった！」

野性的な勘で、ゴーレムはグリフォンの左手首を掴んだ。いいかげん、後退して立て直せばよかったのだと、ゴーレムは思った。だが、手首に強烈な痛みを感じながらも、彼は止まらない。

「ガハッ！」

右廻し蹴りがゴーレムの顎に直撃し、口から下の前歯と血が飛散した。これでもダメージは浅い。しかし、ゴーレムは愕いて手を放してしまった。ゴーレムは途中から、彼が鉄板入りの皮靴を履いていることに気づいたが、足の甲で蹴られていたことまではわからなかった。つま先で蹴れば、鎧のつなぎ目（人間の急所）になら亀裂を入れられるだけの威力になる。亀裂が入るなら、拡大して破壊できる。

「――今だ！　その鎧、オレがブッ壊してやる！」

勝機を見出したグリフォンは全身の力を溜め、右拳を頬によせて固めた。

「やってみろ！」

豪語するゴーレムのこれまでの結果からもたらされる自信は、グリフォンの決断を鈍らせ、勢いを弱めた。自分の破壊力では、この男の防御力を超えて、短時間で致命打を与えることはできないと直感させられた。だが、それも一瞬のことで、ゴーレムの自信が逆に、真の勝機を彼に見せた。

「壊せねぇなら、お前の時を止めるまでだ！」

「――!?」

グリフォンの不敵な微笑に、ゴーレムは戦慄を覚えた。はじめて武器を持たない人間に恐怖を感じた。今度はゴーレムに迷いが生じるがすでに遅く、攻撃態勢が整った彼を止める力はない。そして、ゴーレムは見た。かつてリンチェイが見た光景と同様のものを。彼の拳から稲妻が奔り、ゴーレムは胸を貫かれた。

「……！」

わずかな沈黙のあと、先に動いたのはゴーレムであった。グリフォンの渾身の一撃をもってしても、ゴーレムは無傷だった。全身の力を解き放って硬直する彼に、ゴーレムは両腕で掴みかかる。

「ゲバッ！（ハートブレイクショット……何だ、この威力は？）」

喉を詰まらせたように呻いたゴーレムは息ができず、両腕をだらりと落とし、全身に力が入らなくなってしまった。

グリフォンは生まれつき人を撲殺する力を有しており、彼の拳は衝撃力と貫通力を兼ね備えている。そのことなら、以前からゴーレムは知っており、身をもっても体感した。だが、強打を連打し、彼の肉体が最高にハイになっているときの右ストレートに尋常でない破壊力が秘められていることまでは、ゴーレムは知らなかった。実際、衝撃力に変化はないため、ゴーレムのような肉体を持った者が受けなければわからないことである。稲妻が奔るようなストレートパンチの貫通力が衝撃力と同等になることを知っている者は、生者にはいない。レオだけだった。

グリフォンが放った右ストレートは、正確にゴーレムの心臓を捉えていた。ヘビー級のパンチの衝撃を完全に防いだ分厚い筋肉と脂肪をもってしても、物質を貫く衝撃波まではほとんど軽減できなかった。ゴーレムの心臓は強烈に内壁に叩きつけられ、活動を停止した。一時的に心臓を止めることで、ゴーレムの肉体活動を停止させ、時を止めるという表現を、彼は実現させたのだ。

　上体を捻った渾身の右ローキックを、グリフォンはゴーレムの膝の裏に叩き込んだ。強引に床に膝をつかされたゴーレムが見あげると、彼が大きく反り返っていた。その瞬間、ゴーレムは見た。彼の前髪が舞いあがり、のぞいた額が、自分の額と同様に隆起し、変色しているのを――

「Are You Ready?(覚悟はいいか)」

「Jesus Christ!(ウソだろ)（耐えられるか!?）」

　大きな鈍器で木の幹を叩くような鈍い音が響いた。ゴーレムの額は割れもせず、血すら滲まなかったが、巨体が揺れ、もう片方の膝も床についた。まだ意識があり、寝技にひき込もうとゴーレムは腕を伸ばすが、下半身が反応せず、床に両手をついた。

「オレの勝ちだ。今なら、額を押さえてもう一発、ブチ込めるぞ」

　床に手をついて体を支えるゴーレムは、敗北を認めざるを得なかった。意識が朦朧として防ぐ力はない。額を押さえられて頭突きを喰らえば、瞬間的に頭蓋内部で脳を何度も内壁に叩きつけられ、失神どころか脳に損傷が出る可能性が高い。

「……殺さないのか」

「ああ。ハイデルンに言われたよ。狂人の方が少ないって。だから、アンタは殺さない」

　ハイデルンの名を聞いたゴーレムの表情がゆるんだ。

「……道理で二日も経たないうちに、このアジトがバレたのか。ったく、アイツらしいが、俺は誰の味方もしないぞ」

「それでいい。決着は、オレとアイツでつける」

膝に手を当て、ゆっくりとゴーレムは立ちあがった。

「歩けるか？」

「少し休めばな」

「先に行ってるぜ」

二段とばしで階段を駆けあがっていくグリフォンの姿が三階へ消えるまで、ゴーレムは目が離せなかった。このとき、彼に対して新たな感情が芽生え、ゴーレムの心に湧きあがっていた。

Ⅱ

意識をとばされてなお、リンチェイの肉体は動いた。壁に叩きつけられながら、その反動をリンチェイは利用して、追撃してくるオーディンにカウンターを合わせた。痛烈な反撃にオーディンはよろめき、ボスの前で止まった。

「……！（何だ、こいつ？　意識を失っているはず……）」

密着されての攻防に慣れていないオーディンは、カウンターのダメージもあって、連打を浴び続けた。一撃の威力は低くとも、度重なる攻撃にオーディンは力を奪われ、膝がゆれ、足がもつれて後退した。自分の後退に合わせてボスが離れていくのを、オーディンは知覚した。

「……（意識を失っているくせに、なぜ的確に攻撃できる!?）」

共闘をやめたボスの考えが、奈辺にあるのか？　オーディンは見当がつかないが、ボスに対して異論を持たぬように叩き込まれてきたため、不満はない。しかし、このままでは一撃浴びるごとに力を失い、やがては大技を喰らってしまう。オーディンは力をふり絞って反撃を試みた。

「如封似閉（ルフンスービィ）！」

振りあげられたリンチェイの腕には、まったく力を込めた様子はなかったが、オーディンの腕は大きく弾かれた。そして、そのまま振り下ろされた切掌（チィエチャン）（手刀）は瞬時に加速する。オーディンの肉体は反応するも、明らかに遅く鈍い。

「グオゥ！（恐ろしい闘争本能だ……殺（や）られる！）」

胸の下あたりに手刀を打ち込まれたオーディンは、呻いたあとに吐血した。へし折られた肋骨が肺を突き破ったのである。

如封似閉とは本来、纏絲勁（チャンスーチン）を用いて敵の攻撃をすくいあげ、そのまま切掌を敵の脇腹に打ち下ろして一撃で肝臓を破壊する、陳家（チェンチィア）太極拳の技である。オーディンが膝を落として回避を試みたことが、意識を失っているリンチェイにはわからず、的がズレたまま攻撃した。破壊力に救われたが、小指につながる中手骨が砕け、手根骨（しゅこんこつ）を押し潰してしまい、リンチェイは利き腕が使えなくなった。

「……（これは？）」

右手首に走る激痛で、リンチェイは意識を取り戻した。記憶がとんでいるリンチェイは、右手首を痛めた理由と、片膝を床について痛みに耐える様子のオーディンとに困惑する。しかし、状況が把握できまいと、今やるべきことはひとつ。普段は心優しいリンチェイだが、敵には非情であった。

「ハァ！」

にわかには動くことのできないオーディンのこめかみにしっかりと狙いを定め、リンチェイは纏絲勁を込めた脚撃（チィアオチィ）を放った。体を支える手を離してオーディンはヒッティングポイントをわずかにズラし、首をいなして直撃を回避したが、それでもこめかみに亀裂が入って失神した。

リンチェイは複数の中国拳法を体得し、その中で極めたのが、師の流派である陳家（チェンチィア）太極拳だ。流派によって勁は異なる進化を遂げ、陳家太極拳では勁に螺旋状のネジリを加え、打撃の威力を増加させており、これを纏絲勁という。

関節や投げ技などの有無に関係なく、すべての格闘技を超えるものが勁にある、とリンチェイは思っている。グリフォンも同感であった。相手に密着した状態で力をふり絞らなくても、ゴーレムのように厚い筋肉と脂肪で守られていなければ、致命打となる破壊力が勁にあるからだ。まして、達人ともなれば、発生させた一定の運動量を保って攻防できるので、発動までの時間はないに等しい。この勁に加え、リンチェイの防御の才能を踏まえると、彼は、リンチェイに勝てる気がしなかった。

リンチェイは、袍衣の裾を左によせ、呼吸を整えながら、ボスと正対した。それに対し、ボスは泰然としていた。

「やるな。さすがは中国拳法の達人。だが、今ので手がイカレたろ」

ボスがオーディンとの共闘を見合わせた理由は、自分の持つ悪魔的な眼力は精神に作用するものであり、意識を失った相手には効果がないからだ。オーディンとの攻防を見た今なら、自分の判断が正しかったと、ボスは確信できる。リンチェイに実力を発揮させてしまえば、二対一でも勝てない。だが、意識を取り戻した今なら、達人であるリンチェイは必ず、相手の眼を中心に全身を視界に捉えて闘う。すでに、眼力の効果は証明されている。ここからは、自分の眼をまともに見ざるを得ないリンチェイは、ヘビに睨まれたカエルのように動けなくなるだろう。

——これがボス！　ロシアンマフィアとは違う。あれはまだ、人間の恐ろしさだ……この男の精神は魔物だ——

背筋に悪寒を覚えながら、リンチェイはゆっくりと構えをとる。グリフォンが怖れる理由を、リンチェイも体感した。瘴気を吐き出す魔物が人間の皮をかぶっているようだ。深く呼吸をしたリンチェイは激痛に耐え、太陰対極図をなぞるように両腕を動かし、右手を顔の横に、左手を前に出して指で相手を威嚇した。しかし、それは、リンチェイの精神的後退を意味していた。

自分から仕掛けようとしないリンチェイに、ボスは嘲笑うように口元を歪め、どっしりと半身に構えた。リンチェイが流れるように左から右へ動くのに対し、ボスは足を動かして向きを変え、リンチェイを正面に捉える。その重厚さはブルドーザーじみており、コールタールのような粘着質の瞳には悪魔が宿っているように見える。

リンチェイはボスを正視し続けられない。リンチェイは、相手の眼を視界の中心に全身を捉える修練を二〇年以上も積んできている。筋肉や衣服の張り、上半身、下半身の状態など、攻撃を予測する手段は多々あるが、リンチェイは相手の眼を視点に全身を見て戦い、眼から行動を読むことに慣れ、長けている。リンチェイは精神のみならず、リズムまでも狂わされた。利き腕が使えなくても十分、リンチェイの戦闘力はボスを上回っているが、肉体を精神で支配し、実力を発揮できない限り、ボスに勝つことはできない。

静から動へ、ボスの動きは突然であった。平静を保っていれば躱す動作と攻撃を直結させるリンチェイだが、このときはまったく読めなかった。肉体が反応するも、わずかに遅れ、ショルダータックルを躱しそこねた。肩がぶつかり、よろめいてしまう。腕を取られ、背負い投げの態勢に入られ、自ら跳んだ。宙で反転したリンチェイが自分の前に落ちてくるタイミングを合わせ、ボスは頭を振った。着地寸前にあごをかちあげられ、リンチェイは大きく態勢を崩した。

「Ｇｕｆｕｈｈ！」

かけ声とともに、ボスはショルダータックルの要領で間合いを詰め、肘をリンチェイの鳩尾に突き込んだ。短く呻いたリンチェイは後方に吹っ飛んだ。

すかさず間合いを詰めたボスは、リンチェイの額を掴んで体を持ちあげ、後頭部を壁に叩きつけた。間髪入れず、ボスはリンチェイの喉に腕を圧しつけ、脇腹を何度も殴りつける。リンチェイがぐったりとすると、その体を廊下に投げ捨てた。リンチェイの脇腹に、ボスは踵を落とし、肋骨を踏み砕いた。

「……来たか」

革靴が床を鳴らす音が、廊下の角から響いてくる。ボスはリンチェイの腹に足を乗せたまま、身も心も凍りつくような残忍な笑みを浮かべていた。

Ⅲ

グリフォンが廊下を曲がると通路の奥にボスがいた。追いついたというより、ボスが彼を待っていたようだ。ボスの右半身があがっている。何かを踏んでいるのだ。足元には倒れたまま動けないリンチェイがおり、ボスが銃口を向けている。

「いいタイミングだな。待つ必要はなくなった」

この期に及んで人質など無意味であり、まして中国拳法の達人とあれば諸刃の剣である。ついにボスを追い詰めたグリフォンだが、そんな様子ではなかった。木偶のように動きが止まってしまっている。彼の視界で、過去の情景が現在の光景に重なり、精神に深刻なダメージを負っていた。

「……ぅう…あぁ……」

声にならない嗚咽を口から洩らしたグリフォンの手から、愛用のマグナムが落ちた。

「あああぁぁ…うぅあぁあああ！　レオ……！」

グリフォンの瞳から涙が溢れ、がっくりと膝が落ちた。彼は、友の死を受け止

めることができず、きちんと向かい合ってこなかった。友との約束を果たそうと邁進することで、ずっと封じていた記憶の一部、友への懐いが、ボスによるリンチェイの危機で蘇り、彼の心を満たしてしまった。

「――!?」

自我を失うほどグリフォンが動揺したことに、リンチェイは愕いた。ヘッドセットで会話を聞いているダンテたちも同様であった。自分たち以上に彼の精神は勁いと感じていた。恋人や母を人質に取られることを利用した彼が、自分のことで自失するとは信じられなかった。それと、今、友の名を口にしたことがリンチェイには気になる。

「無理もないな――」

そう呟いたのはゴーレムだった。間取

りを知っているゴーレムは、容易にグリフォンに追いついていた。そのゴーレムには、彼が平常心を失う理由がわかった。彼がはじめてボスに会ったとき、ゴーレムもその場にいた。

まだ中学生のグリフォンがボスに畏怖を抱くのは当然であり、若いころのボスは殺気が強く面に出ていて、素人にもわかるほどであった。ボスと出会うのが早すぎたのだ。彼は中学生の時に側近レベルの格闘能力を有していたが、精神的にはまだ成長が足りない。あと五年、せめて三年あれば心の奥底に刻み込むほどの畏怖を感じたりはしなかったろう。だが、年を追うごとに面に出すぎていた殺気を少しずつ内奥させていくボスもまた成長過程にあり、友の死が避けられぬ事態となったときに、超えられぬ存在として彼の心に刻み込まれてしまったのだ。

……格闘なら上でも、肉体が恐怖を覚えたままでは、闘えてもボスに及ばない…だが、この男なら……

ゴーレムは、グリフォンを助けようとは微塵も思わない。自分に恐怖を知覚させることができたのだから、ボスも越えられると確信していた。

「うぁあぁ……ボス、そいつだけは殺さないで。お願いします」

「ククク……どうやら、ワシはお前のことを買い被っていたようだ。お前の言うとおり、お前を幹部にし、すべての縄張りを幹部に任せて身を隠したのは、お前がワシの息子を殺して平然としていたからだ。お前の才覚や人気より、極道としての器が大きいと思ったからこそ、お前に従ったのだ。ここまで追い詰められるのも当然と思ったが、とんだ思い違いだったようだわ」

　ボスがまた、思いを長く語ったのは、安堵を示すものであった。そして、ボスは笑った。喉の奥を鳴らすような、くぐもった笑いであった。

「……！（グリー、お前は！）」

　リンチェイの中で、すべてのピースが集まった。ついに、リンチェイはすべてを悟った。

「……お前が、異常なほど俺を気にかける理由は、自分の手で親友を殺したからか！　そうとは知らずに、俺は勝手なことばかり……でも、今は俺が何とかしなければ！

　決意を固めるリンチェイだが、すぐには行動しなかった。グリフォンから、ボスの能力が側近レベルだと聞いており、格闘だけでなく銃の技量もある。下手に動けば事態を悪化させ、取り返しがつかなくなる。感情的に動くリンチェイだが、別に成長したのではない。リンチェイは中国拳法の達人であり、達人同士の闘いでは精神を削るミリ単位の攻防が多く、それに勝つための修業を積んでいる。リンチェイは、ボスだけでなく、誰にも気取られないように、それを動かしはじめた。

「お前は…そうなるから、戦う理由を言えずに…だから、お前は死を躊躇わないのか……」

　ダンテは疑惧の目で妻を見た。妻の精神力は、自分よりも勁いとダンテは漠然と感じていた。息子同様に表情を消す妻は、自分よりも勁いとダンテは確信した。

「当時は時間が解決してくれると思ったから、あなたには黙っていたの。でも、あの子の感情は何年経っても戻らない…それは、自分の手で親友を殺してしまったからよ……愛情では、あの子の心を救えないから、もう、あなたには言えなかった」

息子が自分を取り戻せると信じ、親友のために命を賭して戦うときが来ると感じながら、妻は見守っていたのだ。その妻の勁さを受け継いだ息子なら大丈夫だ。妻の声を聞くうちに、ダンテは安心していた。

「わたしの前で、あの子は涙を見せなかったけれど、ずっと苦しんでいたの。でも、これで終わりよ。あの子は、きっと乗り越える。リンチェイさんが、必ず乗り越えさせてくれる」

表情を消していても、エリンの目は潤み、息子を想う愛情が溢れていた。そして、母としての務めを果たすため、エリンはスナイプからヘッドセットを借り受けた。

「しかし、まさか、お前に有効な人質が男だったとは……何となく理由はわかるが、ここに来て、立場が逆転したな」

不意に不機嫌な表情をしたボスは足をあげると、踵をリンチェイの鳩尾に落とした。苦痛に顔を歪めるリンチェイを見て、ボスは満足そうに唇の端をつりあげた。

「お前は、己の意思で息子を殺したんじゃない。お前は、息子に頼まれ、殺す以外に方法がないから殺ったに過ぎん。極道でないお前など、もはや恐れるに足らんわ」

いささか大げさに笑いはじめたボスだが、すぐに笑いをおさめ、目が据わった。安心したボスの視界が広くなり、ようやくもうひとりの存在に気づいた。

「ゴーレム！　そこで何をしている。お前も裏切る気か？」

「ここにいるだけで裏切ってると思いますがね。まあ、何もせず、傍観しますよ」

ボスを怖れる様子がないゴーレムは、人を食ったような返答をした。はじめてグリフォンと出会ったときに抱いた感情が、ゴーレムに蘇っていた。ゴーレムだけではない。精神が異常な者を除いた側近たちは、ゴーレムと同様、彼に好感を覚えていた。今なら、その想いがわかる。人との情、仁義を大切にする彼に惹かれていたのだ。

「いいのか？　こんな状態の奴には、万が一にも勝ち目はないぞ。自由を取り戻したら、真っ先にお前を殺す。唯一、お前だけはワシを恐れないからな」

組織内だけでなく、ボスが今まで出会った者の中で、ゴーレムだけが自分を恐れなかった。

「このケンカは、グリフォン様が自力で乗り越えなくてはなりません。もし、手を貸せることができるとしたら、亡くなられたレオポルド様だけです」

「そんな手には乗らんぞ。お前が息子の名を口にしても何とも思わん」

ゴーレムの言葉に反応したのは、ボスだけではなかった。

「リンチェイさん、グリフォンの母です。あなたに出逢って、息子に心が戻りました。心から感謝しています。ありがとう。でも、それは一時的なもの。息子は人を守るために生まれてきた。この日のために、息子は一〇年も耐えてきたのです。お願いします。息子を奮い立たせてください。あなたを守ることで、息子は自分を取り戻せます」

グリフォンの母だけでなく、ゴーレムの言葉にも何かしらのメッセージを感じたリンチェイだが、今、為す術もない友のためにできることが自分にあるのだろうか。

――お前は、考えることに向いてねえ――

友の声がリンチェイの脳裏に蘇る。友の言うとおり、自分は考えるより、直感だ。思ったことを伝えればいい。自分の声なら、きっと、友の心に届く。

「GANG☆STAR！　STAND UP（立て）！　STAND AND FIGHT（立って闘え）！」

リンチェイは砕かれた肋骨の痛みに耐えて叫んだ。

「お前が生きている限り、レオの魂はお前の中にある！　お前の中のレオに、今のお前は顔向けできるか！」

語尾にボスの声が重なり、リンチェイの声をかき消す。

「黙れ！　その名を何度も聞くと虫唾が走るわ！」

ボスはリンチェイを蹴りつけた。一〇年も前に死んだ息子に対し、これほど憤るのは、自分の後継として期待が大きかったことを示していた。一度として言動に表さなかったが、長男、次男よりも極道らしい容姿の三男にボスは期待していたのだ。

――！　そうだった、アイツはオレの中にい、……！

リンチェイの言葉に、グリフォンは、はっとして自分を取り戻した。

「俺はレオにはなれない。お前がそんな様なら、勝手にやらせてもらうぞ」

「もういい、黙れ！　グリフォンがあんな状態なら、お前は用済みだ。死ね！」

激昂したボスが、リンチェイに銃口を向けようとしたときであった。リンチェイは、すでに準備を終え、ボスが銃を使うのを待っていた。全身の力を首に集め、その首を振って、結った髪を動かす。まるで生きた蛇のように目標に向かっていき、髪を結わえている鉄製のリングがボスの手に当たった。突然の反撃と、その手法に驚いたボスは、銃を持つ手に力を込めることができず、取り落としてしまった。

「好！（お前に言われて辮髪にしといてよかった！）」

目を剥いて怒るボスは、リンチェイの顔面を踏みつけようとし、かろうじてリンチェイは躱した。

「嬲り殺す！」

聞いた者に悪寒を覚えさせるほど重低音の声が、廊下に冷たく響いた。ボスは再度、リンチェイの顔を踏みつけようとするが、狙いを定めぬまま床に下ろした。ゆっくりと立ちあがったグリフォンに気づいたからだ。

……想えば、道を拓いてきたのは、お前で、オレが守ってたんだよな……

グリフォンの頭の中で、レオとの記憶が蘇った。二〇〇人とケンカしたことをはじめに、レオと過ごした少年時代の様々な思い出が彼の心を満たした。

……アイツは勝手に動いたりはしなかったけど、お前も、オレを導いてくれた。それも、ボスの前まで……

このとき、グリフォンとボスは同様の光景を思い浮かべていた。親友を撃ち殺し、倒れないように抱えるグリフォンの姿を。しかし、両者の想いは違った。

ボスがグリフォンを組織に入れた最大の理由は、自分の息子であり、親友を殺しておいて、彼が正気を保っていたからだ。内心はどうあれ、自分の前では、彼は常に沈着冷静であった。こいつが自分の息子であったらと、ボスらしくもなく、残念に感じたことはなかった。

かたやグリフォンは、引き金をひいたあとに残った感触と親友の温もりを、今でも肉体で記憶している。このときの選択が、彼を縛りつけた。自分が生きるために親友を殺したという思いに囚われ、親友との約束を果たしても後悔の念は消えなかった。しかし、今なら、親友との約束のために生きてきたことに意義があると思える。そうだと自分に信じさせてくれる友がいる。

……レオ。あのポスターがなかったら、オレはもう、お前の顔を思い出せねえ。でも、今もお前を感じるよ、お前は生きてる…オレの中で！

最期に見せた親友の笑顔が目に浮かび、グリフォンは胸のあたりが熱くなってくるのを感じた。目をまっすぐにボスへ向け、力強く歩き出す。土壇場でようやく彼は、ボスへの畏怖を克服した。

――今度こそ、守る。オレの命は、このときのためだ――

否、ボスに対する恐怖が消えることはない。リンチェイの存在が、彼の内奥でくすぶっていた焔を再び燃焼させたのだ。今度はもう、鎮める必要はない。すべての懐（おも）いを拳に込め、今こそ、生命を燃やすとき——彼の熱く燃えあがる心（ハート）が、ボスへの畏怖に精神を支配されることを防いでいる。

レオは、このときが来ることを予見していた。人との情を大切にする友なら、必ず人に愛される極道になる。それが、父を乗り越える勁（つよ）さであり、グリフォンが生まれながらにして極道たる由縁なのだ。

……グリフォン様。あなた様こそ、我が生涯の主……

自分を乗り越え、ボスへの畏怖にも打ち克ったグリフォンを見て、巌のような男、ゴーレムの目がうるんでいた。

「リンチェイ——お前がいなかったら、オレはボスを裏切れなかった。お前がいたから、オレはいばらの道を行き、ここまで来れた。お前には感謝している。兄弟、あとはオレに任せろ」

そして、リンチェイを起こすと、後方にさがらせた。リンチェイは共闘したかったが、グリフォンの言葉に従った。今の状態では彼の負担になってしまう。何より、レオの存在が、彼に一対一の勝負を望ませているように感じる。

「アンタは外道で、オレが極道だ……アンタを倒して、それを証明する」

敢然と顔をあげ、グリフォンはボスを見据えた。

「バカめ！　二対一、いや三対一なら確実に勝てるものを。極道なら勝つための手段は選ばん。非情さが足りぬ貴様など、もはや怖くないわ」

　これは、半ば誘いであった。ゴーレムにまで来られれば勝ち目はないが、負傷し、冷静さを保てないリンチェイと二対一なら、それだけで勝機がある。

「そういうことだけで極道だって言うんじゃねえし、テメエと一対一（タイマン）でやるのは、正々堂々ってことじゃねえ。ケジメだ。多くの犠牲者の上に、テメエと組織を大きくし、暴力が権力をともなうほど強大にしたのは、このオレだからだ」

　誘いに失敗したボスだが、今さら動じない。十数年ぶりに闘いの場に立たされたボスは、完全に精神を立て直し、かつての自分を取り戻している。この状況なら、グリフォンひとりを倒せば終わるのだ。そして、この中国系アメリカ人を殺せば、彼は完全に気力と牙を失うだろう。

……お前がいなければ街が崩壊するというなら、殺しはしない。今は、お前を失うわけにいかん。だが、掟に反する限りは死ぬ以上の罰を与える。中国人（チンク）を殺しても、街がある限り、お前は死ねない。お前が天寿を全うするまで、生き地獄を味わわせてやろう……！

　身も凍るような歪んだ微笑をボスは浮かべ、ブラックチェリー製の高級フローリングに平然とつばを吐いた。

「温いわ、青二才！　バカだと言ったのは他にも理由がある。貴様は胸に爆弾を抱えている。一撃だ！　耐えられたとしても一撃で、お前は瀕死だ！」

重厚な声とともに、ボスの圧倒的な魔性の気が咆哮と化して放たれる。思わずリンチェイは身震いし、ゴーレムも目を細めたが、グリフォンはボスの瞳をまっすぐに見据えたままだ。

……リンチェイ、やっぱり、お前はアイツじゃない。お前と過ごした日々は、本当に楽しかった…お前のおかげで、オレの心は救われたよ。でも、オレは…今、オレの心は！

友の死を受け入れたグリフォンは、ボスへの畏怖に勝るものを、このとき見出していた。自分が真に後悔すべきは、友を殺したことでも、そのときに戦意喪失したことでもない。可能だと信じきれていない復讐のために、組織(ボス)を強大化させたことだ。街と街に生きる人だけでなく、全国民のため、彼は、ここでボスを倒さなければならない。凄絶な決意と覚悟が、ボスの畏怖に怯みかける彼を追い立てる。そして、彼の貌から表情が消えていく。

「それがどうした。今さら、この身がどうなろうと関係ねえ。オレの心は――レオを手にかけたときに戻ってるんだぜ」

グリフォンに内奥する力が膨れあがっていくのを感じたボスは答えない。計り知れぬ彼の力に対抗するため、ボスは構えをとり、肉体と精神を整える。

「どれほど後悔しても、人生をやり直すことはできねえ。だが、今のオレは、あの瞬間(とき)をやり直せる。だったら、テメエに負けて、オメオメ生きてられるか」

グリフォンの全身から闘志が湧きあがり、瞳が超新星(スーパーノヴァ)のように強烈な耀(かがや)きを放つ。無表情のうちに秘める彼の闘志に感化され、ボスは戦慄とともに覚悟を決め、しっかりと床を踏みしめた。

「I! GANG☆STAR! Now is the Right Time, Take Revenge for Leo. BOSS Get Ready!」

エリンの瞳から涙が溢れ、ほほを伝わり落ちた。唇を震わせた彼女は、嗚咽が出そうになるのを必死に抑え、右手の指で十字を画き、深くお辞儀をした。

「お前はやっぱり、蘭陵王だよ……」

リンチェイのつぶやきは小さく、ゴーレムには聞こえなかった。敵ならば倒すのみという思考のグリフォンは徳に欠ける。比較対象にされた蘭陵王には失礼かもしれないが。

Ⅳ

グリフォンは左足前の半身に構え、体を左右に振り出す。心臓に一撃を与えるだけなら、ボスには十分に勝機がある。無論、一撃受けてても、彼は体が動く限り闘うつもりだが――彼の動きは加速し、ウィービングの速度があがる。

「スゲェ動きだ。だが、ボクシングじゃない。それでどう闘う?」

グリフォンの闘いは合理的で芸術的――華がある。ゴーレムは微笑みを浮かべ、彼がどうやってボスを倒すのか、楽しんで見ている。

先制攻撃をかけたのはボスであった。実力からいえば、ボスはグリフォンにまったく敵わない。しかし、彼は負傷し、強敵をふたりも倒したばかりで体力は落ちている。それでも、自分の方から動くことは得策でないと知覚していたが、ケンカで勝つために必要なのは獰猛さだと、ボスは信じていた。何より、前へ出て攻撃することが窮地を打開するのにもっとも有効であると、何度も修羅場をくぐってきたボスは体で理解している。ボスは強烈なローキックを放ち、彼は斜めにステップインしつつ、膝でガードした。

「レオが得意とした技で、お前を葬る！」

ボスは右フックでグリフォンを迎撃する。さらに前傾した彼は、ボスの懐に潜り込みながら躱した。

「……ッ！」

ボスは下から脇腹を拳で突きあげられた。グリフォンは殴った反動で体を返し、逆のボディを叩く。

「おお！　デンプシーロールか!?」

ゴーレムが目を輝かせている。デンプシーロールを生で見られることに、ゴーレムは感動した。実用性が低いため、この技を扱うボクサーはほとんどいない。ヘビー級ボクサーとして無類の強さを誇ったマイク・タイソンですら使わなかった技である。パワー・スピード・テクニック、すべてが世界レベルのデンプシーロールなど、今はボクシングのタイトルマッチでも観られない。生半可な修練では身に着けられないからだ。

「行け(Go)！　兄弟(Buddy)！」

ウィービングからローリングへ。無限の文字を描く軌道は攻防一体の技だ。至近距離(クロスレンジ)で左右に移動されるため、ボスにはどうしても死角からの攻撃になる。反撃しようにも、ボスの動体視力ではグリフォンの動きを追い切れない。痛みを感じていないとはいえ、砕けた胸骨が肉に食い込んでいることを微塵も感じさせない動きと力感であった。一点に力が集約されたパンチは肉を貫いて骨にひびき、ガードを固めても、顎(うえ)と腹(した)に揺さぶられ、隙間を狙う正確さがあり、ボスはガードすらままならない。

「……ほんとにスゲェ奴だ。高い破壊力を保ったまま、オレが見たデンプシーロールの倍の速度で動くのかよ」

自分と闘ったときは本気ではなかったと思わせるグリフォンの動きに、ゴーレムは驚嘆した。打撃主体では自分には勝てないから、投げに移行できるスタイルだったが、今の前傾姿勢(クラウチングスタイル)でも自分に敗北を感じさせるほどの、彼の闘いであった。しかし、それが錯覚に過ぎないことも、ゴーレムは知覚している。

……はじめて会ったときと同じだ。スピードとパワーがマッチしてる。常人離れした瞬発力、鍛え抜かれた背筋群と強靭な足腰が、この爆発力を生むんだ……

リンチェイも瞳を輝かせて、グリフォンが闘う姿を見ている。この状態の彼の攻撃力は自分の防御力を超えている。人体構造上、クロスレンジを常人の目で追えない速度で動きながら連続攻撃すれば、一撃の破壊力は減少する。それを彼は、高速で動きながら、一撃の破壊力をほとんど落とさずに連打する。彼はお前の方が強いと言い、たしかに自信はあるが、この爆発力を目の当たりにすると、その自信も揺らいでくる。

本来のデンプシーロールは、攻撃後の反動を利用することで攻撃が移動と次の攻撃の威力を扶助し、一〇〇%を超える打撃を生み出す技だ。グローブを着用しては無理だが、常人より拳が固くて殴打の威力が高く、瞬発力がある者なら、高速で強打を連打可能な技に彼は改良しており、グリフォンロールと呼ぶべきだろう。力を込めるのは攻撃の瞬間のみとし、適度に押し込んだ反動を利用して体を切り返す。移動速度は、巧みな重心移動と踏み込む足を浮かせることで高めている。さらに、彼は上体を切り返す際、瞬時に相手の状態を把握し、攻撃部位を見定め、踏み出す距離を調整している。

「Gaah（ガアッ）！（異常にカタい拳だ！）」

ボスは後退しつつも、耐えていた。重いためにいなすことができず、敏捷なフットワークが使えないためにバックステップを踏んで躱すこともできない。直撃を受けてよろめき、うまく後退しても、大きくスライドされて、瞬時に間合いを詰められてしまう。絶体絶命だが、ボスはあきらめていない。否、ボスは光明を見出していた。一撃ごとに左の力が弱まっていくのを体感していた。体を切り返す異常な疾さに惑わされそうになるが、殴られているボスにはよく解る。右に対して左の力が弱すぎる。間違いなく、拳か手首をグリフォンは痛めている。ゴーレム(化け物)とやり合って無傷でいられるはずがないのだ。

「グリフォン、お前？」

　リンチェイとゴーレムは異口同音につぶやき、ふたりもグリフォンの異変に気づいた。そして、この技を選択したことが正しいのか、ふたりは疑問を覚えた。

　デンプシーロールは規則的な振り子の運動であり、攻撃の間隔を掴まれやすい。まして、左が死んでいるとなれば、カウンターを狙って相打ちになっても一方的に打ち勝てる。全身の力を溜めながらカウンターのタイミングを計るボスに、油断は微塵もない。敵対してはじめて解る、グリフォンの人知を超えていると感じるほどの資質。かつてないほど精神が研ぎ澄まされたボスは、彼の動きを捉えた。否、野性的な勘か、彼の右フックに対し、ボスは完璧に左肘を合わせた。この一撃が、両者の差を浮き彫りにし、勝敗を左右するものになるとは、彼ですら想像できなかった。

「……！」

　強烈に拳を肘に叩きこんでしまったグリフォンは、わずかに体の切り返しが遅れた。彼の動きが鈍ったことで、ボスは正確に狙いを定め、渾身の右の打ち下ろし(チョッピングライト)を放つ。

「Ｇａｈｈａａ(ガッハアア)……！」

　ボスには何が起こったのか理解できなかった。右の打ち下ろし(チョッピングライト)を放った刹那、強烈な衝撃が顎から頭に抜けた。ボスの股の間にグリフォンの左足があり、右腕は天に向かって芸術的なラインを描いていた。彼は右から左へ返す際、斜め前に踏み込み、左腕でボスの右の打ち下ろし（チョッピングライト）を押しのけ、右アッパーを放ったのだ。

「ブラッディ・クロス！（これが狙いか！　それも見事なジョフレアッパーかよ！）」

ゴーレムが感嘆の声をあげた。

……グリー、お前って奴は……！

リンチェイは驚嘆していた。横から縦へ、急激に変化して殴打の威力を減衰させないためには、強靭で柔軟な足腰を必要とする。それほどまでに肉体を鍛えたグリフォンの精神力が生む、肉体を削ることを前提にした駆け引きは尋常ではない。

ボスの意思は、グリフォンにほとんど制御（コントロール）されていた。左が死んでいることは、すぐに発覚する。それは、胸に爆弾を抱えている状態では著（いちじる）しく不利になる。デンプシーロールを用いたのは、レオへの弔いじみた懐（おも）いのためだけではない。その懐いが、彼に作戦を閃かせた。手首のケガを悪化させ、左拳が死んでも、デンプシーロールを同じ速度で続ければ、ボスにできることはひとつしかなくなる。その状況に気づいたボスがカウンターの態勢を整えたら、彼は攻撃後に拳を押し込んで反動を抑え、体を切り返す速度を遅らせるつもりでいた。エルボーブロックされるとは計算外だが、それが絶好の餌になった。

顎をかちあげられたボスは口から血を吐き、天井を仰いだ。よろめいて後退するも、ボスは数歩で踏みとどまる。下顎から上下の前歯まで砕き、一撃で勝負を決めるはずが、中指と薬指の基節骨が砕けた拳では、本来の威力は発揮されなかった。

「……！（終わったか）」

ボスの眼がギラつき、グリフォンを睨んだ。満身創痍となった彼に粘られても、ボスの闘志はまったく萎えていない。鋼の意志が生み出す力だけが、敵を倒す生きた拳になることを、ボスも体で理解している。

「Ｄｉｅ！」

硬直したグリフォンの心臓を狙い、ボスは渾身の右フックを放つ。

……Ｕｎｔｉｌ　Ｍｙ　Ｌｉｆｅ！　Ｂｕｒｎｓ　Ｏｕｔ！

全身の力を振り絞ったグリフォンは、わずかに上体を曲げ、砕けている胸骨への直撃を避けた。

「おどれ！（忌々しい瞳だ！）」

「違う！」

リンチェイとゴーレムにはわかった。今のアッパーは攻撃だけではない。上体を起こすためでもあり、ここからの攻防スタイルをスイッチしたのだ。同時に、ふたりはグリフォンとボスの違いに気づき、慄然として表情が変わった。彼が言ったとおり、ボスは外道だ。彼の能力を知った今なら、必勝の自信がふたりにはある。しかし、殺し合いに二度目はない。彼は勝つために必要なら、ゴーレムの間合いに踏み込んだ。リンチェイの勁にも身を晒すだろう。だが、ボスはしない。現に今、ボスは勝機を逃した。相手の肉体を顧みないだけでは、ただ凶暴であるに過ぎない。

「Go to Hell!（くたばれ）（あきらめる気がないなら、殺してやるわ！）」

グリフォンが疾風のごとく踏み込んでくる直前に、ボスは腰の回転と一歩の踏み込みだけで、強烈な右ストレートを彼の左脇腹に喰らわせ、肋骨を亀裂骨折させた。両者の動きが止まる。その瞬間、彼が上体を起こしたのは、痛恨の一撃に耐えるためだと、闘志が熱く燃える肉体から拳を通じて伝わってきた。そして、彼と自分との差を、ボスも戦慄とともに悟った。

獰猛、それは、相手のみならず、自らの肉体をも厭（いと）わないことだ。自分がそうでないと、満身創痍のグリフォンにボスは思い知らされた。互いに肉体は限界に近づいている。少なくとも自身が追いつめられることを、彼は事前に知覚していた。だからこそ、弱点を晒して餌にし、自らの肉体を削って、ボスを弱らせたのだ。その代償は報われ、ボスの喉笛に牙を突き立てられる状況を、彼は手にした。ついに、ボスの心が折れた。半世紀の人生で、はじめてボスは敗北感というものを覚えた。

「テメエの拳じゃ、オレの魂（こころ）までは砕けねえ！」

一瞬早く動いたグリフォンが左ジャブを放つ。その左ジャブでボスの鼻を潰し、距離を測るとともに、ボスの動きを封じる。一秒程度の時間だが彼には充分であった。エルボーブロックで肘の靭帯を押し潰されたボスは、後遺症を怖れて左腕を動かせない。その証拠に、右を強振（フルスイング）する単発の攻撃で、二度も勝機を逸している。しかし、彼は違う。ジョフレアッパーの直後、ボスが倒れるまで殴り続ければ骨折部位の完治は見込めず、二度と今の破壊力を取り戻せないことが彼の脳裏を過(よ)ぎっていた。今の強さを失ってもボスが倒せるなら、彼は拳を振るう。そして、砕かれたのが小指以外の基節骨なら拳は握れる。手の甲に突き出た中手骨の部分は生きており、ボスを倒す力をまだ発揮できるなら、彼は拳を振るう。

「……（Griffon Buster You！(グリフォンおのれーー)）」

ボスは無念の叫びを口にできなかった。痛みに耐え、後遺症を覚悟し、致命打を止めるために左腕をあげる気になったが、今さら遅い。攻撃に使うべきであった。グリフォンの攻撃の前に、ボスの防御は無力であり、そうでなくても靭帯を痛めていては腕をあげる速度が遅すぎる。

……オレの拳に宿る——レオへの想いを喰らえ！

傍目には、ただの右ストレートだが、リンチェイとゴーレムは知っている。爆発的な連続攻撃によって、グリフォンの肉体は最高の状態にある。その状態から放たれる右ストレートは、受けた者に稲妻が奔るような感覚を覚えさせる。さらに、ゴーレムは貫通力が尋常でないことも身をもって体験している。金色(こんじき)に輝く拳を鼻の下に叩き込まれたボスは、上下の前歯を折られ、上顎まで砕かれ、血と歯をまき散らしてよろめいた。

「Just This Lightning Strike！(まるで落雷だな)」

「好(ハオ)！（決まった！）」

リンチェイが喜び叫ぶ前で、グリフォンは疾風と化してボスとの間合いを詰める。足がもつれ、頭から倒れようとするボスの眼前で、彼は両拳を腰の高さにそろえ、全身から力を集めていく――

「…………」

グリフォンが何をするのか理解していながら、リンチェイは制止しない。すでに勝負はついており、決して、ボスを殺すための攻撃ではないと、リンチェイは信じている。しかし、彼は生粋の極道。その彼がこの闘いに、友の復讐と弔い、国民に対する責任など、様々な想いを抱えていることを知っているため、この一撃でボスを殺す気でも、リンチェイには止められなかった。

全身から集めた力をグリフォンは額に集中し、ボスの額に炸裂させると同時に、がっちりとボスの側頭部を押さえ込んだ。

「Ｇｕａａｈｈｈｈｈｈ！」

呪詛のような凄まじい絶叫を放って、ボスはよろめき、頭を両手でおさえた。

「……おっ？」

グリフォンの頭突きにボスが耐えたとゴーレムは思ったが、それも数秒のことだった。白目を剥いたボスの目と耳、鼻から鮮血が溢れ出し、どっと床に倒れた。

「……やっぱ、人間だよな。それとも、悪魔が死んだか？　いずれにせよ、これでボスはパンチドランカーだ」

大の字にのびたボスを、グリフォンは荒々しく呼吸を整えながら、凍てつく瞳で傲然と見下ろした。五秒か、一〇秒か、それを見ているリンチェイとゴーレムには、時間が長く感じられた。ふたりは、彼が銃に手をかけるだろうと思った。しかし、彼はまったく微動だにせず、ただ見ていただけだった。無論、彼の心では、様々な想いと感情が錯綜していたに違いない。

「リンチェイ、ボスに手錠をかけろ。それから、ゴーレム。最初の仕事だ。ボスとそこに倒れている…オーディンだったか。ふたりとも外に出せ」

「ん？　ああ」

ボスを殺さなかったことに拍子抜けしたゴーレムであったが、命令には忠実に従った。

「これでいいのか？」

疑問を口にしたのは、リンチェイだった。

「ああ、これでいいんだ。約束したろ」

まっすぐ自分を見て答えるグリフォンに、リンチェイは無言でうなずいた。彼はやわらかい微笑を浮かべている。彼の瞳は自分を見ているが、遠くを見ているようでもあり、自分にレオを重ねているのだと、リンチェイは思った。

「なあ、ええと…ボス」

遠慮がちに、ゴーレムは問いかけたが、沈黙が返ってきた。今までボスと呼ばれてきた男は失神しており、誰を呼んだのか、グリフォンとリンチェイはわからなかったのだ。しかし、彼は、すぐに気づいて返答した。

「……そうだな。お前だけは、ボスでいいぜ。で、何が聞きたい？」

答えながら、グリフォンは深い感慨を覚えた。他人に言われて、ボスを倒した実感が、現実だと認識する。

「この、人として生まれた悪魔を裁くつもりか？」

「ああ」

「ボスの権力なら、幹部や息子たちに手出しさせずに潰せるだろう。それなら、悪魔に法の裁きを受けさせることに意味があるとは思えねえ。ここで殺すことと変わりはねえ」

「同感だ。でも、コイツや国民は法に従って生きてる」

出口に向かって歩き出していたリンチェイは、肩ごしにグリフォンを一瞥したが、何も言わなかった。

「オレには殺すことしかできない。でもな、レオもきっと、こうすることを望んでるさ」

先行するリンチェイの後姿を見ながら、グリフォンは微笑んだ。

……レオ、オレは人生を全うしていいんだよな？　だったらよぉ、オレは、コイツと生きてく。これからも、お前がやりたかったことのために……

犠牲の有無に関係なく、リンチェイを守り抜いてボスを倒したことで、グリフォンは充足を得た。かつての友は二度と戻らないが、彼の心は完全に戻った。

一行がエントランスまで来ると、玄関から朝日が差し込んでいた。破壊と創造を感じる祝福の光であった。

終章　Gang☆Star Forever

朝日がのぼり、輝きは強いがやわらかい日差しにボスの豪邸は包まれている。いつもなら幻想的な光景であるのだが、玄関が破壊されているため台無しである。さらに、一万人を超える群衆が取り囲んでおり、今や異様な光景であった。

群衆たちが緊張した面持ちでいると、破壊された玄関に辮髪の男が現れた。やや遅れてふたりの男が出てきて、ひとりは肩に人を担ぎ、何か大きなものをひきずっていた。グリフォンが目的を果たしたことを視認した先頭の群衆は、拍手と喝采を送った。群衆の九割以上が彼のファンであり、たちまち野外コンサートのような熱狂に包まれた。彼らがジェットヘリに乗り込むまでの間、二〇分近くも拍手、喝采が鳴り止まなかった。

グリフォンはシャワーを浴びた後、数時間の睡眠をとり、エリーから骨折の応急処置を受けた。右手の指骨と左手首、それと胸骨は手術が必要だが、彼にはまだ優先すべきことがあった。

午後一時より、自宅億ションの1Fロビーで緊急会見を行う予定である。すでに数十人の記者たちがロビーに集まり、会見の準備をしていた。

軽い食事を摂っただけだが、若いグリフォンは顔に疲れが出ていない。若くなくとも、極めて危険で難しい任務（ミッションインポッシブル）を遂行したことで気が昂ぶり、アドレナリンによって肉体がハイになっている彼は生気が漲っている。

「本日未明、私の組織に潜入していた、ＦＢＩ捜査官リンチェイとともにボスを逮捕しました。失われたもののほとんどを取り戻すことはできませんが、一〇年前の大量殺人と一昨日、街中で起こした銃撃戦の件でボスを起訴します。ボスは、この他に無数の罪を犯していますが、証拠を探し出すことは不可能なため、余罪については追求しません。しかし、この二件で極刑、もしくは何百年もの刑にできます。死の制裁を与えられずとも、社会的に抹殺できるので十分でしょう」

この裁判で証人となるのは、ゴーレムとハイデルンにオーディン、失明したがグリフォンに殺されなかった側近五名であり、全員がふたつの事件に関わっていた。

この場にいる記者、全国民のほとんどが、グリフォンを肯定していた。しかし、彼自身はどうなのかと思う者も全国に数%はおり、人数としては少なくない。しかし、当人は生粋の極道であり、自身に罪の意識など欠片もない。

「ボスの枷を外しましたので、これからは、一切の例外なく犯罪者を取り締まることができます。今後、変えられるところを変え、より良い街にしていこうと思います。さしあたり、ＣＩＭの運営ですが、警察官の資格を持たない組織の者を解雇します。正規の警察官になりたい者は警察学校に入校させ、資格を取らせます」

グリフォンが言葉を切ると、ひとりの記者が、正規の警察官が増えすぎるのではと質問をした。彼は簡潔で明快に答えた。Ｍｓ'Ｃｉｔｙでは、本来一四、五万人の警察官がいるべきだが、正規の警察官は三万人に満たない。人口に対し、絶対的に警察官が不足しており、組織の者で補っていたと説明した。ＣＩＭの他に改革することがあるかと聞かれ、自分がやらなければならないことと、自分のような人間がやるべきことがひとつずつあると答えた。内容については詳細が決まってないから答えられないとし、次のようにしめくくった。

「私は、今こうして生きていることに感謝の念を覚えています。これまでも、今も、そして、これからも、街は私のためにあり、私は街のためにあり続けます」

微笑したグリフォンの表情は、澄んだ泉のように透きとおっていた。

今日のうちに街を組織から完全に決別させたかったので、グリフォンはボスの息子ふたりと幹部らを自宅に呼びつけていた。ボスの逮捕が事実だと知った息子らは、彼の無理な注文に応じなければならず、なんとか夕刻に集合できた。

リビングのソファーにグリフォンは深々と座り、両腕を肘掛けにのせ、脚を高く組んでいる。傲然として彼が見据えているのは、委縮するボスの息子ふたりと幹部らであった。一同は横一列に並んで立たされていた。

「オレはお前らのボスになる気はない。だが、オレの意に沿わないなら、ブッ潰すだけだ」

ボスの息子ふたりは、黙然とうなずいた。父を倒すことができた者に抵抗する意思はなかった。幹部らはボスの畏怖を身心に刻み込まれている。ボスの逮捕という事実は、天地がひっくり返ったような現実であり、グリフォンの存在に、幹部らは人知を超えたものを感じている。

「ボスは今、Ｍｓ'Ｃｉｔｙ病院の一般病室にいる。さっきまでは集中治療室にいた。オレがボスを壊した。どんな後遺症が出るかは意識が戻らないことにはわからないが、記憶障害になるか、あの魔性が戻らないか…魔性が戻らない状態になったほうが、本人にもお前らにも都合がいいだろう。今回の虐殺と、レオのときの虐殺の件でボスを起訴する。死刑になるだろうが数百年の刑期になるかもしれない。いずれにせよ、ボスは終わりだ。お前らが何をしても無駄だ。刑は確定するし、その後も手出しはさせない」

説明されるまでもなく、グリフォンの持つ権力なら裁判の審議を左右できる。一同は一片の同情すら見せなかった。誰しも、ボスがそうなってしまうことを望んだ。なまじボスの記憶が明確で魔性が残っていれば、一同にとって煩わしいだけである。

「この街は組織から独立する。ボスの財産だが、これは国のものだ。あとは、オレの街に手を出さなければ、今まで通りにすればいい。念を押すが、ボスのことは忘れろ。これはオレだけの問題じゃない」

　グリフォンは射抜くような眼差しで一同を見回した後、一言加えた。

「何か聞きたいことはあるか？」

　一番高齢の、五〇代の幹部がおそるおそる質問する。

「……確認ですが、分立した組織を維持しても、それらをまとめる必要はなく、我々幹部がボスにくりあがっても構わない。そして、あなた様に手出ししなければよいということですね」

「そうだ。トップがいなければ、幹部（お前）らは内部で戦争するかもしれねえ。だから、お前らが分立した組織を独立させてボスになれ。各自、その道で成功しているのだから、他の縄張り（しま）に手を出すなよ。息子どもは、こいつらとは縁を切れ。上納金を納めろなどと言うな。お前ら同士で揉めたら、容赦なく根絶してやる」

　一同、畏まってグリフォンに頭（こうべ）をたれた。


　Ｍｓ'Ｃｉｔｙ警察署では署長の引退・就任式が行われている。ハガー署長の挨拶が終わると、グリフォンが壇上にあがり、ハガーに花束を渡した。

「あなたのおかげで、私は後顧の憂いなく、街のために闘い続けることができました。今日（こんにち）まで、街のために尽くしていただき、ありがとうございます。これからは自分のために生きて、街を見守っていてください」

　ふたりはハグした後、固い握手を交わした。そして、壇上から降りるハガーと入れ代わって、その場にあがったのはリンチェイだった。

「我が国は自由を掲げた民主主義の国家ですが、私の街では、私が現役でいる限り、私が思ったことは独断で決行します。ハガー署長の後任は、ＦＢＩ捜査官のリンチェイに務めてもらいます。任期は無期限とし、退職は本人の意思に委ねます。彼は、法による秩序を重んじ、心は白く汚れがなく、正義を司る警察の署長に相応しい為人です」

　Ｍｓ'ＰＤの紺色(ル・マンブルー)を基調とした制服に身を包んだリンチェイが、マイクの前に立った。

「みなさん、はじめまして。気恥ずかしくなる紹介でしたが、それが嘘にならないよう、全身全霊で務めを果たす所存であります。私も、この街のために生きていきます」

　リンチェイは、Ｍｓ'ＰＤ署員からあたたかい歓呼を受けた。それを見たグリフォンは、うれしそうに微笑んでいる。大事業を成したことを含め、彼は過去に囚われて生きてきた。亡くした友のことは忘れられない。だが、新たな友は、自分を前に進めてくれる。それは、これからも続くだろう。そのことに、彼はしあわせを感じていた。

　二ヶ月後の六月に、グリフォンはフォンフォワと結婚した。披露宴は各界の有力者を招いて盛大に行なったが、式は身内だけで簡素に行なった。彼女との間に二児をもうけ、幸せな家庭を築いた。

グリフォンは組織を淘汰し、まともに働くことができない者を、元ボスの組織に押しつけるように追放した。生粋の極道である彼だが、たとえ仁義を持っていても、極道が世に存在していいとは考えていなかった。自分にしても、コツコツ働くことなどできず、他人に寄生して生きているようなものだからだ。極道組織を解体しても、街は彼の味方であり、権力に匹敵する力は変わらない。彼が生きている間、街に手を出そうとする極道組織はなかった。

リンチェイは、Ｍｓ'ＰＤの署長職が肌に合い、三〇年間も勤めた。グリフォンが全国規模で事業をはじめ、街を離れることが多くなったからだが、年を追うごとに自分への支持が高まり、責任感の強いリンチェイは辞められなくなった。その間に行なった改革は、彼が公約した、人員を正規の警察官のみとすることだけだった。しかし、内部不正と犯罪を防ぐ努力を怠らず、リンチェイが退職するまでの三〇年、Ｍｓ'ＰＤ署員は規律を守り、犯罪を未然に防いだ。犯罪に関しては、市民のモラルによるところが大きいが、署員ひとりひとりが職務に忠実であったからこそ、市民がモラルを守ったのである。

グリフォンは街をつくる過程で、ある未来を考えていた。街が完成すれば、中程度の国の国家予算に匹敵する収入が見込める。ボスを倒すことを前提にしていた彼は、上納金の使い方途を考えていた。街が体制を整えていく過程で、他州との格差が広がっていくことを、彼は理解していた。それ以前に、自分の街より、資本主義である国（自国を含め）では、貧富の差が拡大し、その差を埋めることが不可能に近い政治体制であると感じていた。カジノ、競馬、くじなどで大金を得ない限り、成人して資格を持たない貧しい者の生活が豊かになることはないだろう。

彼は、これまでに培った人生感と街をつくった実体験から、投資家の存在と資本主義などによる格差社会を改善するためには政治は無力だと感じていた。貧しい者を助けることは、貧しい者から搾り取った者にしかできないのだ。それが富める者の責任だと思った。仕事に励み、無駄な出費を抑えれば、誰もが家を建て、一〇万ドルの高級車を一度は乗れる人生を送れる社会づくりを目指した。いわゆる低所得者への援助であり、対象者の基準、援助額、その方法など課題は多く、どれも難題であった。彼の志にGMをはじめとした複数の大企業が賛同した。長い道のりになるが、自分はまだ三〇歳であり、生涯をかけるほどの価値を感じていた。リンチェイがM's PD署長に就任したことで、安心して街を任せられ、自分は腰を据えて事業に取り組める。そして、援助できる体制が整い、開始のための会見を行なった後、自ら公の場に出ることはなく、彼がメディアに露出することはほとんどなくなった。

グリフォンはふたつの大事業を成し、後世の歴史家たちは実業家としても高く評価している。しかし、事業を成そうとするうえで、独断で実行し、行政すら無視する彼は、やはり極道であった。彼の思想が極道とは異なっているのである。否、彼はただ、友の想いに応えるために、友が生きていて、友との人生があったら、こうしていたと思ったことをしたのである。そして、亡き友を感じさせるリンチェイの存在が、大きな支えになった。友のために生きることが義務のような彼の人生に、リンチェイは光を与えた。それは、リンチェイも同じであり、互いの存在が、相手に充実した人生を送らせたのだ。

友との約束を完全に果たしたグリフォンは、極道として人々から愛され続けた。生ける伝説として過去の偉人たちと並び称され、後世、人に愛された極道として永く語り継がれた。

著者プロフィール
竜堂 怜（りゅうどう さとし）
栃木県在住
田中芳樹氏の作品との出合いが人生を決め、小説家を志した。

カバー・本文イラスト：十色（といろ）

Gang☆Star

2021年7月15日　初版第1刷発行

著　者　竜堂 怜
発行者　瓜谷 綱延
発行所　株式会社文芸社
〒160-0022　東京都新宿区新宿1－10－1
電話　03-5369-3060（代表）
03-5369-2299（販売）

印　刷　株式会社文芸社
製本所　株式会社MOTOMURA

ISBN978-4-286-19322-9